**내가 너를
좋아하는 걸까..?**

차례

1장
새 학기 시작
7

2장
학교 생활
35

3장
수련회
171

작가의 말
249

1장
새 학기 시작

길면서도 짧던 겨울방학이 끝났다. 난 싱숭생숭한 마음으로 학교로 향했다.

"야, 강하연!"

뒤를 돌아보니, 10년째 이어지고 있는 인연, 조강석이었다.

"왜 불렀어?"

"왜긴 왜야. 너랑 같이 학교 가려고 그랬지~"

어쩌다 보니, 강석이랑 같이 학교에 가게 됐다.

"근데 너 왜 이리 키가 많이 컸어?"

"그냥 운동하고, 잘 잤더니?"

"부럽네…."

조강석이 잠시 조용해졌다가, 놀리는 듯이 말했다.

"근데 너는 왜 아직 160도 안돼 보이냐. 난 185인데."

"185까지 컸다고..?!"

조강석이 웃으며 말했다.

"응! 우리 집이 유전적으로 키가 크기도 하고, 성장기여서 많이 큰 거지~ 근데 너는 왜 아직도…."

난 기분이 나빠져서 혼자 학교로 뛰어갔다. 새 교실에 도착하고, 난 맨 앞자리에 앉았다.

곧, 수업 종이 울렸다. 새 학기 첫 수업은 자기소개였다. 자기소개에서 이름만 말하면 되지, 굳이 장래 희망 같은 건 왜 말해야 하는지 모르겠다….

"다음 하연이 나와~"

난 교탁 앞으로 나갔다.

하… 떨린다.

"가, 강하연이야. 작년엔 1반이었고, 장래 희망은… 아직 없어. 아, 앞으로 잘 지내자…."

하아, 말 안 떨려 했는데….

난 자리로 들어갔다. 들어가는 길, 박수 소리가 들렸다. 다른 애들도 자기소개를 하고, 조강석의 차례가 됐다.

"조강석이고, 꿈은… 없긴 한데, 꼭 말해야 되면 상담가? 아무튼 1년 동안 잘 지내자."

매년 똑같네….

모든 애들의 자기소개가 끝나고, 예비 종이 울렸다. 그리고 강석이가 내 쪽으로 와서 물었다.

"야, 강하연. 좀 이따 같이 점심 먹으실?"

"…그러던지."

남은 2교시가 끝나고, 점심시간이 됐다. 나랑 강석이는 줄을 섰다.

"2학년 되니까 기분 어떠냐?"

"공부 때문에 벌써 짜증 난다."

조강석이 웃으며 말했다.

"아이고~ 짜증이 나셨구나~"

"말꼬리 빼지 마라…."

조강석이 내 머리 위에 팔걸이를 하며 말했다.

"어? 강하연 어디 갔음?? 분명 1초 전까지 여기 있었는데 왜 안 보이지?"

난 팔꿈치로 조강석의 배를 쳤다.

"악!"

조강석이 배를 움켜잡으며 주저앉았다.

너, 너무 세게 쳤나..?

"미, 미안해..! 괜찮아..?!"

"큽."

"야! 너 안 아프지!!"

조강석이 일어나며 웃었다.

"아~ 강하연 완전 잘 속네."

"아, 진짜!!"

조강석은 여전히 웃으며 말했다.

"넌 어떻게 한결같이 맨날 속냐?"

"네가 연기를 진심으로 하잖아!!"

"내가 연기는 좀 하긴 하지~"

"하, 진짜…."

우리는 겨울방학 때 뭘 했는지에 대해 말하고 있던 중, 곧 급식을 받을 차례가 됐다. 우리는 아무 말없이 급식을 먹고 난 후, 조강석은 축구를 하러 갔다.

…자기 혼자 가네.

혼자 남은 난, 반으로 돌아가서 아무도 없는 교실에 홀로 책상에 엎드려, 쉬고 있었다. 그런데… 나도 모르는 사이에 잠들었다. 그리고 누군가가 날 깨웠다.

"야, 강하연. 학교 끝났어. 집 가자."

강석이었다.

"아. 5교시 시작할 때 깨워 주지…."

강석이는 웃으며 말했다.

"10번 넘게 깨웠거든요~ 계속 안 일어나더니, 집 갈 시간 되니까 일어나네."

"……집이나 가."

난 강석이랑 집에 가는 길에 아무 생각도 안 하고, 그냥 걷기만 했다. 그때, 강석이가 내 눈앞에 손을 흔들며 말했다. 난 놀라서 살짝 움찔했다.

"무슨 생각을 하길래 말을 못 들어?"

"아, 미안. 무슨 말 했어?"

"오늘따라 좀 조용한 것 같아서 무슨 일 있었냐고 물어봄."

"…그냥 좀 피곤해서 그래."

우리 사이에 잠시 정적이 흐르다가 강석이가 먼저 말했다.

"집 가서 푹 자라."

"……어."

그 이후 난, 집으로 들어가서 손만 씻고 침대에 누웠는데…, 아침이었다.

뭐야. 몇 시야..?

시간을 확인해 보니, 아직 7시였다.

늦잠은 아니네….

난 평소와 같이 학교로 향했다.

"강하연!"

난 뒤를 돌아봤다. 강석이었다.

"왜?"

"학교 같이 가."

"…그래."

학교로 가는 길, 강석이가 물었다.

"점심 같이 먹을 거지?"

"…어."

"오케이!"

학교에 도착하자, 애들이 수군거리는 소리가 났다.

"야야, 강하연이랑 조강석, 맨날 같이 학교 오고 집도 맨날 같이 간다는데?"

"그럼 둘이 사귀는 거?"

"그런 듯? 심지어 둘이 10년 친구라잖아."

그때 강석이가 수군거리는 애들한테 가서 말했다.

"야, 내가 남자랑 왜 사귀냐~ 걔는 여사친은커녕, 그냥 남사친이랑 똑같은 존재. 매점이나 가자~"

강석이는 애들을 데리고 교실 밖으로 나갔다.

…그냥 남사친이라고? 심지어 여사친으로도 안 보이고..?

난 왜인지 모르겠지만, 강석이한테 서운함을 느꼈다. 시간이 지날

수록, 서운한 감정은 점점 더 커졌고, 곧 예비 종이 울렸다. 반 애들이 하나둘씩 뛰어서 교실로 돌아왔다. 곧 본 수업 종도 울리고, 선생님이 들어오셨다.

"자, 이제 다 떠들었지? 수업 시작한다!"

난 강석이가 날 남사친이라고 말한 것 때문에 도저히 수업에 집중할 수 없었다.

근데 나… 왜 걔 신경 쓰고 있는 거야..? 초딩 때도 계속 조강석한테 남사친이라는 말 많이 들었잖아!! 분명 신경 안 쓰였는데… 지금은 왜 이래..?

"하연아! 정신 안 차려? 집중하자!"

애들의 웃음소리가 들렸다.

"죄송합니다…."

그 이후로 난 수업에 집중하려 했지만, 아까의 일 때문에 전혀 집중이 되지 않았다. 그때, 쉬는 시간 종이 울렸다.

"자, 15쪽부터 17쪽 숙제! 잘해 와라~ 오늘 수업 끝!"

선생님이 교실에서 나가시자마자 교실이 소란스러워졌다. 난 시끄러워서 귀를 막고 엎드려 있었는데, 누가 나를 툭툭 쳤다. 일어나서 얼굴을 확인해 보니, 강석이었다.

"뭐, 뭔데…."

"매점 가자."

난 고개를 끄덕이고 강석이를 따라 매점으로 갔다.

"더치페이인 거 알지?"

강석이의 웃는 얼굴을 보고 심장이 빨리 뛰기 시작했다. 이전에도 강석이의 웃는 얼굴은 많이 봐 왔지만, 평소에는 심장이 이렇게 뛰는 걸 의식하지도 못했었다. 그런데 지금은 왜 이렇게 심장이 빨리 뛰는 걸까….

"에이, 원래 남자가 여자한테 사 줘야 하는 거거든?"

가, 강하연 무슨 생각으로 말한 거야..!!

강석이가 웃으며 말했다.

"네가 무슨 여자야. 남자지."

난 조금, 아니, 많이 서운했다. 강석이는 살짝 당황한 목소리로 말했다.

"야~ 왜 그래~ 그냥 자, 장난으로 한… 거야."

"…됐어. 나 먼저 갈게."

이내 난 혼자 교실로 돌아왔다. 곧 수업 종이 울리고 선생님이 들어오셨다.

"응? 저기 빈자리 누구야?"

"조강석이요~"

"아휴… 강석이는 새 학기 시작한 지 얼마나 됐다고 수업 시간에 안 들어오냐…."

그때, 앞문이 열렸다.

"늦어서 죄송합니다. 시간을 잘못 봤어요."

"아니, 너 진… 아니다, 됐다. 그냥 얼른 들어가라."

강석이는 자리로 들어갔다. 괜히 나 때문에 강석이가 혼난 것 같아서 마음이 불편했다.

"이제 수업 시작한다."

유난히도 길었던 것 같은 수업 시간이 끝났다. 난 선생님이 나가시자마자, 강석이에게 가서 사과를 하려 했지만, 강석이는 이미 친구들과 교실 밖으로 나간 후였다.

사과해야 할 것 같은데….

난 계속 마음이 불안해서 가만히 있기 힘들었다.

……근데 나 왜 이래? 이전에도 나 때문에 강석이 혼난 적 많았잖아..! 그때는 안 이랬는데, 지금은 왜 이러냐고….

그때, 누군가가 내게 말을 걸어왔다.

"하연아! 무슨 생각을 하길래 그렇게 초조해 보여?"

나랑 초등학생 때부터 친구인 소라였다.

"…어? 아냐…. 그냥 좀 피곤해서."

"그럼 다행이고!"

소라는 다시 돌아갔다. 그리고 곧 수업 종이 치고 선생님이 들어오셨다.

"자, 얘들아~ 즐거운 과학 시간이다!"

"아, 쌤! 과학이 어떻게 재밌어요…."

반 애들이 하나같이 말했다.

"왜? 우리 주변에 있는 과학 요소들이 얼마나 재밌는데?"

애들이 아아 거리는 소리가 냈다.

"조용조용! 수업 시작한다!"

난 수업 시간에 하나도 집중을 못하고, 강석이한테 사과를 해야 할 것 같다는 생각만 했다.

생각은 그렇게 했지만… 점심시간이 됐을 때도 종이 치자마자 혼자 급식실로 뛰어갔고, 학교가 끝나고도 곧장 집으로 뛰어갔다. 뛰어가고 있는데, 누군가가 내 가방을 잡았다. 난 놀라며 뒤를 돌아봤다. 강석이었다. 강석이는 숨을 헐떡이며 간신히 말했다.

"허헉, 강하연! 진짜 빠르네…."

강석이는 크게 숨을 쉬고, 안정된 목소리로 다시 말을 이었다.

"오늘 왜 나 피했어?"

"아니, 그, 미안해서…."

"어? 네가 왜 미안해?"

"나 때문에 혼났잖아…."

우리 둘 사이에 잠시 정적이 흐르다가 강석이가 웃으며 말했다.

"겨우 그거 때문이었어? 난 또 너 화난 줄 알고 걱정했잖아."

"그래도 너무 미안해서…."

강석이는 여전히 웃으며 말했다.

"난 괜찮으니까 이제 집 가자~"

강석이가 그 말을 하고 난 후, 나랑 강석이는 같이 집으로 향했다. 집에 가는 길에 아무 말도 하지 않았다. 그저 고요한 정적만 흐를 뿐이었다.

"나 집 다 왔다. 잘 가."

"잘 들어가라~"

난 이내 집으로 들어가서 손만 씻고, 핸드폰을 봤다. 3시간 정도 지났을 무렵. 전화가 왔다. 발신자는 강석이었다.

"뭐지? 얘가 왜…."

난 서둘러 전화를 받았다.

"여보세요..?"

"강하연, 내일 나랑 어디 좀 같이 가자."

"…내일 몇 시..?"

"어? 웬일이야? 바로 간다고 하네?"

…내가 평소에 바로 대답을 안 했었나..?

잠시 우리 둘 사이에 정적이 흘렀다.

"아니, 그래서 몇 시에 가는 건데?"

"학교 끝나고 바로. 가능?"

"…응."

그렇게 전화가 끊겼다.

얘가 나랑 어디를 간다는 거지? 뭐, 싫은 건 아니지만…. 데이트…라고 봐도 되는 건가..?

난 정신이 번쩍 들었다.

"아! 미쳤나 봐, 강하연..!! 데이트는 무슨..!"

난 얼굴이 뜨거워지는 걸 느꼈다.

"아! 얼굴은 왜 뜨거워지고 난리인데!!"

난 부엌에 가, 냉수를 마셨다.

"하, 강하연 왜 이러냐…. 정신 차려!"

"강하연. 시끄러우니까 조용히 안 하냐."

강우재. 내 오빠다.

"야! 내 말 듣고 왜 무시하냐?"

"…무시 안 했어."

"근데 너 뭐 때문에 정신 차려라 그런 소리를 질러?"

"아! 너는 상관없잖아!"

이후, 난 내 방으로 들어갔고 바로 침대에 엎드렸다.

"나 진짜 왜 이러냐……."

다음 날이 됐다. 난 여느 때처럼 학교에 갔지만, 교실에는 아무도 없었다.

"뭐지..?"

시간을 보니, 7시 40분이었다.

"…아, 내가 일찍 온 거구나."

난 자리에 엎드렸다.

얼마나 지났을까. 누군가가 날 깨웠다.

"하연아, 일어나 봐."

고개를 들어서 보니, 같은 반 친구 시연이었다.

"어디 아파? 아프면 수업 시작하기 전에 보건실 가 봐."

"…아냐, 괜찮아."

"그럼 다행이고."

이내 시연이는 자리로 돌아갔다. 시간은 8시 10분이었다. 아까 내가 학교에 처음 왔을 때보다는 애들이 많이 와 있었지만, 강석이는 오지 않았다.

어디 아픈가..?

난 다시 책상에 엎드려 눈을 감았다. 그래도 계속 강석이가 걱정됐다. 머릿속에서 강석이에 대한 걱정이 사라지지 않아, 난 걱정을 떨치려 머릿속으로 강석이와의 추억을 떠올렸다.

같이 수련회 조가 되었던 추억. 같은 중학교를 배정받아서 피곤할 것 같다고 생각했던 추억. 강석이가 내 곁에서 항상 따뜻하게 해 줘도 되냐는… 어, 어?!

난 순간 내 기억이 잘못됐다고 생각했다. 하지만 확실히 기억난다.

눈이 오던 겨울. 나랑 강석이가 6살이었을 때 내가 손에 입김을 불며 춥다고 했었다. 그때 분명 강석이가…

"하연아, 추우면 내가 네 곁에서 항상 따뜻하게 해 줘도 돼? 그냥 친구 말고, 더 깊은… 관계로."

이렇게 말했었다. 난 그때 강석이가 나랑 가장 친한 친구가 되자는 줄 알고, 마냥 해맑게 말했었다.

"어? 그래! 우리 제일 친한 친구 하자! 어디에서든지!"

그때 내가 왜 그랬지…. 그 고백에 대한 대답을 지금 해도 되는 걸까..? 근데 솔직히 8년도 더 된 일인데, 강석이는 잊지 않았을까….

한참 죄책감에 빠져 있을 그때, 수업 종이 울리고 선생님이 들어오셨다.

"자, 얘들아! 오늘은 지적 발달에 대해 배울 거니까, 집중 잘해라."

애들은 벌써 지루하다는 표정이었다. 난 강석이의 고백 때문에 선생님의 수업은 하나도 귀에 들어오지 않았다. 수업이 어떻게 흐르는지도 모르고, 하교 시간이 다 됐다. 난 반쯤 정신이 나간 채 집에 도착했다.

　침대에 누워 핸드폰을 보고 있었는데, 강석이한테 전화가 왔다. 무슨 일인가 했는데, 오늘 강석이랑 학교 끝나고 바로 어디 가기로 한 걸 까맣게 잊고 있었다. 난 전화를 받고 미안하다고 말하며 학교로 뛰어갔다.

　교문 앞으로 뛰어가니, 강석이가 서 있었다. 난 가쁜 숨을 몰아쉬며 말했다.

　"이, 잊어서 미안..! 오래 기다렸어..? 진짜 미안해….”

　"괜찮으니까 얼른 가자.”

　난 강석이를 따라 버스를 탔다. 근데 생각해 보니, 난 어디를 가는지도 모르고 있었다.

　"근데 어디 가는 거야..?"

　"이상한 곳 아니니까 기다려 봐.”

　"…응."

　얼마나 지났을까. 버스에 사람이 가득 차 있었다. 덕분에 나랑 강석이 거리가 더 가까워졌다. 심장이 너무 크게 뛰어서 강석이한테 내 심장 소리가 들릴까 봐 불안했다. 강석이를 살짝 올려다보니… 아무 생각 없어 보였다. 다행이다.

　"하연아, 어디 아파? 얼굴이 좀 붉은데.”

　강석이가 내 이름을 성을 빼고 부른 건 처음이어서 심장이 이전보다 더 빨리 뛰기 시작했다.

"아냐..! 그냥 좀 더워서 그래….”

난 고개를 푹 숙였다.

"그래? 그럼 다행이고. 이제 5분 남았어."

난 아무 말 없이 고개를 끄덕였다. 시간이 좀 지난 후 강석이가 말했다.

"하연아, 다 왔어. 내리자."

강석이의 말에 따라 버스에서 내렸다. 강석이가 데리고 온 곳은 좋아 보이는 카페였다.

"여기는 왜…."

"일단 들어가서 얘기하자. 아, 그리고 말만 좀 맞춰 줘."

"어? 그게 무…"

강석이는 '일단 조용히 하고 따라와'라는 듯이 내 손목을 살포시 잡고 카페 안으로 들어갔다. 심장이 너무… 빨리 뛰었다. 겨우 손목을 잡힌 것뿐인데, 왜 이리 심장이 빨리 뛰는 걸까….

"어서 오세요~"

"여기 커플 40% 할인 이벤트 아직도 해요?"

가, 갑자기 이렇게 커플이 된다고?! 당연히 그냥 할인받으려고 거짓말하는 거겠지..? 설마 고백이겠어. ……만약에 진짜 고백이면..?

"네, 아직도 합니다! 두 분 할인해 드릴게요~ 뭐 드릴까요?"

"아이스티 하나랑 아이스 아메리카노 하나요."

"네~ 할인 적용돼서 1,700원입니다! 나오면 진동벨로 알려 드릴게요~"

애… 내가 좋아하는 음료는 어떻게 아는 거야..?

난 먼저 걸어가는 강석이를 따라갔다. 우리는 야외테라스 자리에 앉았다. 야외테라스는 예쁘게 꾸며져 있었다. 난 강석이가 내 취향을 어떻게 안 건지 궁금해서 물어봤다.

"근데 내가 좋아하는 음료는 어떻게 알았어?"

"너 초딩 때부터 아이스티만 먹었잖아?"

"오, 관찰력 좋은데?"

강석이는 피식 웃으며 말했다.

"내가 좀."

그렇게 여러 대화가 오고 가던 중, 진동벨이 울렸다.

"어? 갔다 올게."

강석이가 주문한 것을 받으러 간 사이, 소라한테 전화가 왔다.

"여보세요?"

"어, 하연아! 혹시 지금 시간 돼??"

"나 지금은 안 될 것 같은데…."

"힝, 아쉽네…. 알겠어, 어쩔 수 없지! 내일 학교에서 봐!"

그 말을 끝으로 소라는 전화를 끊었다.

"하연아, 나 때문에 안 된다고 한 거야? 그런 거면 그냥 가도 되는데."

"깜짝아..! 언제 왔어..?"

"좀 전에. 근데 진짜 나 때문에 그런 거면 그냥 가도 돼."

"아니야. 지금은 이게 선약이니까."

"그럼 그냥 있어."

우리 사이에 정적이 흘렀다. 그 정적을 깬 건 나였다.

"뭐 좀… 물어봐도 돼..?"

"응. 상관없어."

"……많은 애들 중에서 왜 나랑 커플인 척한 거야..?"

꽤나 오랫동안 정적이 흘렀다.

"어? 아, 그냥 너랑 제일 친하니까."

"그렇…구나."

강석이는 웃으면서 말했다.

"왜? 아쉬워?"

"뭐, 뭐래..!!"

"장난인데 당황하기는? 너 설마 진…"

난 뭔가 불안해서 강석이의 말을 끊으며 말했다.

"아니거든!!"

강석이는 웃으며 말했다.

"나 아직 아무 말도 안 했는데?"

"그냥 먹기나 해!"

우리는 아무 말 없이 음료를 마셨다.

"중2 생활 어떤 것 같아?"

강석이가 말을 걸어왔다. 난 살짝 당황했지만 당황하지 않은 척하며 말했다.

"어? 아, 공부 빼면 다 괜찮은 것 같은데? 근데 그건 갑자기 왜?"

"그냥 좀 궁금해서."

"응…."

이후 우리 사이에는 정적만이 흘렀다.

"……강석아, 나 이제 가야겠다. 오늘 여기 데리고 와 줘서 고마워."

난 이내, 카페를 나가서 버스를 탔다.

내가 왜 도망쳤지…. 강석이한테 고마워해야 하는데…. 아, 심장 빨리 뛰는 게 고마운 건가..? 아니, 근데 보통은 고마워도 심장은 멀쩡하게 뛰지 않나..? 이거 교과서에서만 보던 좋아한다는 거야..? 아니야. 그럴 리 없어. 절대로….

난 강석이의 모습이 떠올랐다. 살짝 올라간 눈매, 큰 키, 높은 친화력, 좋은 운동 신경….

아, 세상에 '절대'는 없구나….

"너 하연이 맞지?"

난 살짝 움찔하며 옆을 봤다.

"어? 시연아…."

"안녕. 어디 가는 중이야?"

"집 가는 길."

시연이는 내 말을 듣고 내 옆에 앉았다.

"옆에 앉아도 되지?"

"…응, 괜찮아. 상관없어."

우리 둘 사이에는 정적이 흘렀다. 그런데 갑작스럽게 시연이가 말을 걸었다.

"근데 하연아, 너 혹시 강석이 좋아해?"

난 너무 당황해서 말을 더듬었다.

"갑자기 무슨 소리야..! 내가 조강석을 왜 좋아해..!!"

"그래? 근데 안 좋아한다면서 말은 왜 그렇게 더듬어? 걱정하지 마. 다른 사람한테는 절대 말 안 할 거야. 나 입 무거워."

시연이가 입이… 무겁기는 하지.

"……맞아. 아니, 맞는 것 같아. 내가 강석이 좋아하는 거…."

"'맞는 거 같아'라고 하는 거면 좋아하는 거야. 근데 혹시 언제부터 좋아한 거야?"

"……좀 전에. 사실은 며칠 전부터 강석이 좀 신경이 쓰이긴 했거든? 근데 강석이 얼굴 떠올리니까, 심장이 갑자기 빨리 뛰는 거야…. 그래서 좀 전에 강석이를 좋아한다는 걸 알았어…. 솔직히 아직도 실감이 잘 안 되긴 해. 10년 동안 친구로 지냈는데, 갑자기 이런 감정이 느껴져서…."

"뭔가 소설에서 나올 것 같은 첫사랑 이야기인데?"

난 얼굴이 뜨거워졌다.

"10년 동안 아무 감정 없었다는 건 둘이 5살 때부터 친구였다는 거야?"

"그렇지..?"

"그럼, 좋아할 만하네."

잠시 정적이 흐르다가 시연이의 혼잣말 소리가 들렸다.

"다행이다…."

"응? 뭐가 다행이야?"

"아, 아무것도 아니야..!! ……그래서? 고백은 언제 할 거야? 할 거면 빨리하는 게 낫지 않아?"

"고백은 무슨..!!"

난 얼굴이 뜨거워지는 걸 느꼈다. 시연이는 내 얼굴을 보고 웃으며 말했다.

"얼굴 빨개졌다."

"……고백은 안 하는 게 나을 것 같아. 차이면 10년 친구 잃는 거니까…."

잠시 정적이 흐르다가 시연이가 말했다.

"그래. 알겠어."

"어? 시연아, 나 이제 내려야 돼서 가 볼게. 내일 학교에서 봐."

난 버스에서 내리고 집으로 향했다. 집에 도착한 후, 잠시 고민에 빠졌다.

내가 고백을 할 수 있을까…. 걔는 날 여자로도 안 보는데 받아 줄 리가 있겠냐고…. 애초에 남자 취향이 뭔지도 모르… 어? 남자 취향? 오빠한테 물어볼까..? 나보다는 확실히 오빠가 남자 마음을 더 잘 알겠지..? 근데 오빠 성격상으로는 분명 꼬치꼬치 캐물을 게 분명한데…. 아, 몰라…. 어떻게든 되겠지..!

난 오빠 방문을 열고 들어갔다. 오빠는 침대에 누워서 핸드폰을 하고 있었다.

"뭐야. 용건만 말해. 왜 들어왔어."

"고민 상…"

내가 말을 다 하기도 전에 오빠가 말했다.

"싫어. 나 고민 상담하는 거 진짜 싫어하거든? 특히 네 고민은."

"아, 한 번만…."

"그러면~ '세상에서 가장 멋지고, 착하고, 천상계 외모를 가진 강, 우, 재. 오라버니 한 번만 고민 상담해 주세요~'라고 하면 해줄게."

난 도저히 못 하겠기에 방을 나가려던 그때, 불현듯 저 인간은 남의 연애사에 엄청 관심이 많다는 사실이 떠올랐다. 자존심이랑 수치심 그런 것들은 모두 버린 채, 혼잣말하듯이 말했다.

"아… 그럼 짝사랑 상담은 다른 사람한테 해야겠네."

방을 나가려던 그때, 강우재, 아니, 오빠가 날 불렀다.

"야야! 잠시만! 스톱. 문 닫고 이리 와 봐."

난 작전이 성공했다고 생각하고 다시 오빠 쪽으로 갔다. 오빠는 놀리는 말투로 말했다.

"그래서 네가 좋아하는 애가 누구야?"

난 사실대로 말할까 하다가 그냥 나이만 말하기로 했다.

"나랑 동갑인 남자애."

"이름이 뭔데?"

"그것까지는 못 알려 줘."

"아~ 못 알려 주는 거 보니까, 강석이구나? 네가 좋아하는 사람?"

아, 쓸데없이 눈치만 빨라서!!

"아니거든!!"

"네~ 다음 거짓말 못하는 분~ 뭐… 좋아하는 사람은 강석이 확실한 거 같으니까, 그래서 물어보고 싶은 게 뭔데?"

"그냥 내가 알아서 할게."

이내 내 방으로 돌아갔고, 난 침대에 누워서 혼자 중얼거렸다.

"강우재한테 들키면 강석이한테 말할 게 뻔한데, 어떻게 사실대로 말하냐고……."

갑자기 강우재가 내 방문을 벌컥 열며 들어왔다.

"야, 강하연! 나 너한테 궁금한 거 있음."

"아! 노크하고 들어오라고!!"

"너도 아까 노크 안 하고 들어왔잖아? 아무튼. 너 진짜 강석이 좋아함? 네가 그걸 말해 줘야 내가 도와주든지 말든지 하지. 빠져나갈 생각하지 말고, 얼른 말해라~"

"안 좋아해. 걔 아니라고…."

"오케이~ 내가 잘~~ 도와준다!"

그 말의 끝으로 강우재는 문을 닫고 나갔다.

아, 진짜, 저딴!! 강우재 좋아하는 사람 생기면 2배로 갚…

갑자기 핸드폰 알림이 쉴 새 없이 울리기 시작했다. 보니, 반 단톡방이었다. 난 단톡방에 올라온 내용을 보고 충격을 받을 수밖에 없었다.

[우진] 야야, 이거 강하연이랑 조강석 아님?

강우진이 사진도 함께 보냈는데, 그 사진은… 아까 강석이랑 같이 카페에 가 있는 사진이었다. 애들은 이 사진을 보고 분명 강석이랑 내가 사귄다고 소문낼 거다. 어쩌면… 이미 늦은 거일지도 모르겠다. 사진이 올라온 지는 1분밖에 안 지났는데 단톡방에 알림이 32개가 와 있던 걸 보면…. 대충 애들의 반응을 보니, 이미 사귄다고 믿고 있는 눈치다. 그때 강석이가 문자를 하나 남겼다.

[강석] 니들이 생각하는 그런 거 아니고, 커플 할인 때문에 같이 간 거니까 이상한 소문 퍼뜨리지 마라

[우진] 커플~~?? 그럼 왜 굳.이. 강하연이랑 커플인 척한 건데?ㅋㅋ

[강석] 아는 애 중에 강하연이랑 제일 친하니까

[우진] 그래서~? 근데 애초에 호감 없으면 커플인 척하자고 안 하지 않나??ㅋㅋㅋ

[강석] 하....걍 맘대로 생각해라

[우진] 어??!? 진짜 둘이 사귀는 거냐ㅋㅋㅋ

강석이는 답장이 없었다. 나도 해명을 해야 할 것 같아서 당장 답장을 보냈다.

[하연] 사귀는 거 아니니까 괜히 헛소문 퍼뜨리지 마

[우진] 오~~ 주인공 등장이요~~ㅋㅋㅋ 이렇게 말하고 사실은 둘이 비밀연애하고 있는 거 아님?ㅋㅋㅋㅋㅋ

[하연] 아니라고!!!

난 답장을 쓰고 난 후, 핸드폰을 무음 모드로 바꿨다. 그리고 침대로

집어던졌다.

"……사귄다고 소문나면 어떡하지? 그냥 소문 퍼지기 전에 고백해 버릴까..?"

난 정신이 번쩍 들었다.

"아, 뭐라는 거야, 강하연!!"

난 내 볼을 때렸다.

다음 날 아침, 학교. 역시 학교에 가자마자, 수군거리는 소리가 들렸다. 한번, 스쳐 지나가는 소리를 들어 보니….

"야, 3반 강하연이랑 강석이랑 사귄다는데?"

"헐, 진짜?"

"솔직히 남녀 둘이서만 카페 가는 건 백퍼 사귀는 거 아냐?"

"강석이 인기 많지 않아? 근데 왜 강하연이랑…."

강석이가 인기가 많았나..?

그 뒤로도 들리는 소리를 들어 보니….

"그러게. 잘생기고, 운동도 잘해서 인기 많은 애가 진짜 왜 강하연이랑 사귀는 거지….'

난 더 이상 듣지 않고, 앞도 보지 않으며 교실로 뛰어갔다. 들어가자마자, 보이는 건… 강석이 자리 주변에 모여 있는 애들. 반이 워낙 시끄러워서인지, 내가 온 줄은 모르는 것 같았다. 난 애들 사이로 몰래 다가가, 무슨 말을 하는지 들어 봤다.

"사귀는 거 아니라고."

"그러면 어제 마음대로 생각하라고 보낸 답장을 뭘까요?"

"대화할 가치가 없어서 대화를 안 한 거지."

"거짓말 같은데~"

강석이는 한숨을 한 번 쉬더니, 말했다.

"아니, 할인 때문에 같이 간 거라고."

"그럼 너 주변에 여자애들 많으면서 왜 굳이 강하연이랑 커플인 척한 건데?"

"아니, 아까부터 말했잖아. 강하연이랑 제일 친해서 그렇다고."

"한 번만 속아 준다~"

그 말을 끝으로 다들 자리로 돌아갔다. 난 강석이한테 가서 말했다.

"나랑 얘기 좀 하자."

난 강석이를 끌고 복도로 나갔다.

"소문난 거 어떻게 할 거야?"

"일주일 정도면 잠잠해지겠지."

"진짜..?"

"당연하지."

난 잠시 조용히 있다가 말했다.

"만약에 아니면..?"

"아니면~ …잠시만. 근데 왜 그렇게 신경 쓰는 건데?"

난 살짝 움찔했다. 그리고 차라리 지금 고백할까라는 생각을 했다. '너 좋아하니까.' ……역시 안 되겠다.

"너는 나랑 10년을 봤으면서 모르겠어?"

"뭘?"

"나 남 눈치 많이 보는 거 너도 알잖아. 주목받는 거 안 좋아하는 것도….”

"……그거 때문에 그런 거야? 근데 여기서 더 해명하면 애들이 '강한 부정은 강한 긍정이다'라면서 더 놀릴 게 뻔하고, 소문도 더 오래 갈 텐데?”

강석이가 내 어깨를 잡으며 말했다.

"하연아, 진짜 내가 장담할게. 일주일만 참아 봐.”

"……별다른 방법이 없으니까 일단 믿어 볼게….”

"착하네.”

강석이는 내 머리를 쓰다듬더니, 피식 웃으며 교실로 들어갔다.

뭐야, 방금?! 분명 쓰다듬었는데..? 쟤 원래 저런 캐릭터 아니었잖아!! 근데 갑자기 왜…….

난 한참 동안 복도에 넋을 놓고 서 있다가, 종소리에 정신을 차리고 교실로 들어갔다. 곧 선생님이 들어오셨다.

"자자, 오늘도 한번 힘차게 공부해 보자! 다들 쌤들한테 인사 잘하고! 나머지 자습~”

난 그냥 아무 생각 없이 의미 없는 낙서들을 하고 있었다. 곧 조회 시간을 마치는 종이 쳤고, 여전히 반은 강석이랑 내가 사귄다는 소문으로 가득 차 있었다. 1교시 종이 울리고 선생님이 들어오시자, 반도 조용해졌다. 1교시는 역사 시간이었다. 역사 시간에는 자면 벌점을 받아서 안 자려고 했지만, 수업이 시작한 지 5분도 채 되지 않아 잠이 쏟아졌다. 난 잠을 이기려고 노력했지만 쉽지 않았다. 계속 졸고 있는데,

누가 내 등을 툭툭 쳤다. 난 놀라며 뒤를 살짝 돌아보니, 강석이었다.

"하연아, 정신 차려. 역사쌤 시간에는 자면 벌점이잖아."

언제 내 뒷자리로 온 거지..? 아니, 그보다 나는 알아차리지도 못했다고? 그리고 얘는 왜 내 뒷자리로….

"야. 내 말 듣고 있는 거 맞아? 아무튼 얼른 정신 차려라."

난 고개를 끄덕이고 다시 앞을 봤다. 다행히 강석이 덕분에 잠은 깼지만, 선생님의 말은 귀에 잘 들어오지 않았다. 머릿속이 복잡했다. 그렇게… 힘들었던 1교시가 끝났다. 내 뒷자리에 앉아 있던 강석이가 웃으며 말했다.

"야, 하연아. 넌 어떻게 수업 시작한 지 5분도 안 돼서 졸아?"

"잠이 오는 걸 어떡하냐고…."

"너 솔직히 말해. 수업 시간에 하나도 안 들었지."

"…어떻게 알았어?"

강석이는 웃으며 말했다.

"너랑 본 세월이 얼만데 그것도 모를까 봐? 너 수업 시간에 집중 안 하는 티 다 났어. 벌점 안 받은 게 더 신기하다."

난 어떤 변명을 해야 할지 잠시 생각했다.

"그냥 오늘 컨디션이 조금 안 좋아서 그런 거거든…."

"왜? 소문 때문에?"

"……어. 소문 때문에…."

"신경 쓰지 말라니까."

신경이 쓰이는 걸 어떡하냐고..! 너랑 사귄다는 소문이 났는데….

"아, 맞다. 나 너한테 궁금한 거 있어…."

"뭔데?"

"아침에 스쳐 가는 말로 들은 건데, 네가 인기가 많다고 하더라고..? 그거 진짜야..?"

강석이는 잠시 조용해졌다가 웃으며 말했다.

"그게 진짜겠어? 처음 듣는 말이니까 신경 안 써도 돼."

"알겠으니까 적당히 웃어……."

"아, 미안. 웃겨서."

강석이는 그 말을 끝으로 교실 밖으로 나갔다. 난 잠시 멍해졌다.

나 진짜 왜 이러냐…….

2장
학교 생활

강석이랑 사귄다는 소문이 퍼진 지 일주일이 지났다. 잠잠해지기는 커녕, 이제 1학년 후배들과 3학년 선배들까지 알게 됐다.
 ……조강석 장담한다며! 일주일 뒤에 소문 잠잠해질 거라며!! 근데 소문이 더 멀리 퍼졌잖아….
 소문 때문에 머리가 아팠다.

 오늘따라 더 아픈 것 같기도….

 걷고 있는데 점점 시야가 흐려졌다. 그리고 몸이 기우는 것을 느꼈다. 그때, 누군가가 내 몸을 받치는 게 느껴졌다.
 "강하연!!"
 그게 내 마지막 기억이었다.

 눈을 뜨니, 보건실…이었다.
 뭐지? 무슨 일이 있었던 거지..?
 "어? 하연아, 깼어?"
 "선생님..?"
 "너 등굣길에 쓰러졌었대! 괜찮아?"
 "네, 괜찮아요…. 근데 제가 보건실 온 거에요..? 기억이 없는데…."

"아, 그게…."

선생님의 시선을 따라가 보니….

헉..! 무섭게 생겼… 아니, 이게 아니라….

생전 처음 보는 남학생이 벽에 기대 서 있었다.

"저 학생이 너 여기까지 데려왔어."

"아… 감사합니다. 혹시 누구세요..?"

"나? ……박유성."

나는 처음 들어 보는 이름에 살짝 당황했다. 명찰 색을 보니, 나랑 같은 학년이었다. 그런데 아무리 봐도 처음 보는 얼굴이었다.

"너 깨는 거 봤으니까 난 간다."

그 남학생, 아니, 유성이는 이내 보건실에서 나갔다.

유성이는 이전에도 날 알았던 건가..? 만약에 아니면 왜 날 도와준 거지..? 그냥… 인류애가 넘치는 건가? 그래, 분명 그런 걸 거야. 그게 아니면 도와줄 이유가 뭐가 있겠어….

"하연아, 이제 어지러운 거 괜찮아졌어?"

"네…. 괜찮아졌어요. 이제 가도 될 것 같아요…."

그렇게 난 선생님께 인사를 드리고, 보건실을 나와서 교실로 발걸음을 옮겼다. 가는 길에 여전히 소문은 계속 들렸다. 그런데 소문이 살짝, 아니, 많이 변질되어 있었다.

"강하연 등굣길에 쓰러져서 5반 박유성이 들고 보건실로 데려갔다는데?"

드, 들었다고?!

"헐, 진짜? 그럼 박유성이랑 조강석이 강하연 사이에 두고 삼각관계인 거?"

"근데 조강석이랑 강하연은 이미 사귀고 있으니까, 삼각관계가 아니라 그냥 박유성이 남친 있는 애 뺏는 거 아님?"

"그런가? 하긴. 이미 조강석, 강하연은 사귀고 있으니까."

"근데 강하연이 박유성한테 넘어가서 둘이 사귀면 웃길 듯."

난 그 말들을 애써 무시하고 교실로 뛰어갔다. 하지만 교실 상황도 별다를 바 없었다. 유림이가 나한테 다가와서 물었다.

"하연아, 너 유성이랑 사귀는 거였어?!"

"아니라고! 나 사귀는 사람 없다고…."

모두의 시선이 나한테 쏠렸다. 난 그런 시선이 너무 부담스럽고 싫었다. 당장이라도 이곳에서 빠져나가고 싶었다.

제발… 누가 좀 도와줘….

"야. 누가 강하연이랑 사귄대."

유성…이었다.

"길 가는 길에 사람이 쓰러지는 걸 보면 도와주는 게 사람 도리 아니냐? 그러니까 헛소문 작작 퍼트려."

유성이는 그 말을 한 뒤, 조용히 교실을 나갔다. 시끄러웠던 교실은 순식간에 조용해졌다.

　유성이 영향이 이렇게 크구나…….

다시 애들이 하나둘씩 입을 열기 시작했다.

　"박유성 겁나 무섭네…….."

　"인정…. 분위기 싸해지는 거 보고 아무것도 못 하겠더라…."

유성이 덕분에 소문은 잠잠해지겠네…. 나중에 고맙다고 해야지. 타이밍 맞으면….

　"나랑 얘기 좀 해."

강석이었다.

　"어? 응…."

난 강석이를 따라 복도로 나갔다.

　"괜찮은 거야?"

　"응. 괜찮아."

"박유성이랑 친해?"

　"아니. 오늘 처음 봤는데…. 왜..?"

　"…아냐. 나 먼저 들어간다."

어느새 복도에는 나 혼자 남았다. 뭔가… 묘하게 강석이의 분위기가 바뀐 것 같았다. 뭐라 해야 할까. 조금 차가워지고, 진지해진 느낌..?

　무슨 일 있나….

　그렇다고 계속 복도에 서 있을 수는 없었기에 교실로 들어갔다. 반 분위기는 아까와는 다르게 조용해졌다. 덕분에 마음이 편해졌다.

　……고마워. 박유성.

1교시가 시작됐다. 아주 다행히도 1교시는 잠이 오지 않는 수업이었다. 수업에 집중하고 있다 보니, 어느새 쉬는 시간이 됐다. 난 그냥 앉아서 낙서를 하고 있는데, 소라가 나한테 오더니 말했다.

"하연아! 박유성이 너 좀 불러 달래!"

"어? 아, 말해 줘서 고마워."

난 자리에서 일어나서 복도로 나가 봤다. 유성이가 서 있길래 다가가서 물었다.

"그… 나 불렀어..?"

유성이가 피식 웃으며 말했다.

"이제 존댓말 안 하네?"

"아까는 명찰 색 보기 전이어서 그랬지…. 아니, 그래서 진짜 왜 부른 거야..?"

"전번 달라 하려고."

"어..?"

"전화번호 좀 달라고."

"아, 알겠어. 핸드폰 좀 줘."

유성이가 핸드폰을 건넸다. 난 내 번호를 눌렀다.

"땡큐. 나중에 톡 보낼게."

그 이후, 유성이는 돌아갔다.

번호는 왜 달라 한 거지..? 나중에 빚 갚으라고 하려고 그러나? 아, 그런가 보다.

반으로 들어가려는데, 강석이가 내 앞을 막아섰다. 내 심장은 순간적으로 빨리 뛰었다.

"박유성이랑 무슨 얘기 했어?"

"아, 별 얘기 안 했어. 그냥 전번만 주고 왔어."

"…오늘 처음 만났는데 번호를 줘? 넌 사람에 대한 의심이 아예 없는 거야?"

강석이가 따지듯이 말해서 조금 무서웠다.

"어? 아니, 그게 아니라… 도와준 친구인데, 번호도 못 주는 거야..?"

"아니다. 됐다. 나 간다."

강석이는 그렇게 말하고, 자기 자리로 돌아갔다.

갑자기 왜 저러는 거지..? 바뀐 거 맞는 것 같아…. 단순한 착각이 아니라, 화나 보였어….

"하연아!"

난 강석이가 왜 화났는지에 대해 생각을 하고 있었는데, 누군가가 내 뒤에서 어깨동무를 하며 날 부르는 소리에 살짝 놀라며 뒤를 돌아봤다.

"으, 응..! 유림아, 왜..?"

"오늘 학교 끝나고 시간 돼?? 되면, 같이 놀자!"

"가, 갑자기? 시간… 되긴 해."

"그럼 학교 끝나고 놀자! 근데 나 오늘 청소라 10분만 기다려 줄 수 있어??"

"아, 응."

"고마워! 좀 이따 봐!"

유림이가 자리로 돌아가고, 곧 2교시 시작종이 울렸다. 2교시는 힘든 수학 시간이었다. 난 수학을 진짜 싫어하기도 했고, 못 했다….

"하연아. 쌤이 부르셔."

멍을 때리고 있는데, 뒤에서 강석이가 말했다.

"네..?"

"하연아, 한번 나와서 문제 풀어볼까?"

"네….'"

난 칠판 앞으로 나갔다.

크, 큰일이다. 하나도 모르겠어….

"모르겠어요….'"

선생님이 놀라며 말하셨다.

"수업 시간에 그렇게 강조를 했는데, 진짜 모르겠어?"

"네….'"

"그래, 들어가 봐. 그러면~"

선생님은 반을 둘러보시더니 말했다.

"강석이 나와서 풀어 볼래?"

"네."

"하연아, 강석이 하는 거 잘 봐라~"

난 자리에 앉아서 강석이를 봤다. 난 강석이를 보고 조금, 아니, 많이 놀랐다.

원래 쟤 저렇게 수학을 잘했나..? 하긴…. 어렸을 때부터 잘하긴 했지. 근데 아무리 그래도 식을 저렇게 깔끔하게 쓴다고..?!

"오, 역시 강석이! 잘했어. 들어가도 돼!"

강석이가 칠판 앞에서 들어오려는데, 누군가가 말했다.

"강하연 남친, 조강석 멋지다!"

나랑 강석이가 사귄다고 소문을 낸 강우진이었다.

"응? 뭐야? 강석이랑 하연이랑 사귀어? 그러면 강석이가 하연이 잘 가르쳐 줘~"

"…네."

조강석, 왜 저기서 '네'라고 대답하는 건데..! 그럼 사귄다는 게 인정되는 거잖아!!

아이들이 오오 거렸다.

"자자! 하연이랑 강석이 사귀는 건 사귀는 거고! 이제 다시 수업 시작한다~"

"아, 쌤! 우리 진도도 빠른데, 조강석이랑 강하연 연애썰 들으면 안 돼요?"

강우진 또 왜 저래! 선생님, 안 된다고 해 주세요…. 제발..!

"응~ 되겠어? 그건 나중에 물어보고 지금은 수학 시간이니까, 진도 마저 나가자~ 그리고 너희가 진도 빠르기는 무슨! 너희 반이 진도 제일 느리거든?"

선생님, 감사합니다..!

수학 시간이 끝났다. 역시 예상대로 강석이랑 내 주변에 애들이 모였다.

"조강석 너 진짜 강하연이랑 사귀는 거? 만약에 안 사귀면 아까 쌤이 사귀냐고 물어봤을 때 왜 '네'라고 했냐? 빠져나갈 생각하지 마라~"

"그건 사귀는 거에 대답한 게 아니라 잘 가르치라고 한 거에 대답한 거지."

강우진이 뭐라고 말하려는 순간, 앞문에서 소리가 들렸다.

"강하연! 어디 좀 같이 가자!"

모든 학생의 시선이 목소리를 낸 사람에게 갔다. 나 또한 그 사람을 봤는데, 유성이었다.

"어..? 아, 응. 갈게..!"

난 이때다 싶어서 얼른 교실 밖으로 나갔다. 나가자마자, 유성이가 물었다.

"너 곤란해 보여서 불렀는데 괜히 불렀나?"

"아, 아냐…. 덕분에 살았어. 아, 그리고 아침…"

"혹시 아침에 고마웠다고 하려는 거면 하지 마. 대신, 감사 인사로 내 부탁 하나만 들어줘."

"어..?"

"고맙다는 인사 대신, 내 부탁 하나만 들어 달라고."

"알…겠어. 부탁이 뭔데..?"

유성이는 잠시 고민하는 듯하다가 말했다.

"남들 시선 신경 많이 쓰지? 주목받는 것도 안 좋아하고?"

'난 너를 오늘 처음 봤는데, 넌 나를 어떻게 그렇게 잘 아는 거야?'라는 말이 턱끝까지 차올랐지만 꾹 참았다.

"……응. 신경 많이 써. 관심받는 것도 안 좋아하고."

"할 말 있어 보이는데. 무슨 말이든 해도 괜찮으니까 그냥 말해."

난 놀라서 유성이를 올려다봤다. 유성이는 살짝 웃고 있었다.

"…난 너를 오늘 처음 봤는데, 넌 나를 어떻게 그렇게 잘 아는 거야?"

결국 참지 못하고 저질렀다. 우리 둘 사이에 잠시 정적이 흐르다가 유성이가 웃으며 말했다.

"겨우 그거 말하려고 그런 거였어? 난 너무 망설이길래 고백이라도 하는 줄."

"뭐, 뭔 소리야..!!"

유성이는 여전히 웃으며 말했다.

"장난이야, 장난. 미안. 놀랐어?"

"아, 아냐…. 괜찮아. 그래서 부탁이 뭔데..?"

유성이가 말하려던 그때, 예비 종이 울렸다.

"종 쳤으니까 다음에 말할게. 수업 잘 들어."

유성이는 반으로 돌아갔다. 나도 본 수업 종이 울리기 전, 교실로 들어갔고, 선생님이 오시기 전까지 생각에 빠졌다.

'네가 너무 망설이길래 고백이라도 하는 줄.' ……고백이란 말을 그렇게 쉽게 할 수 있는 거였어..? 쉽게 못하는 내가 이상한 건가…. 아니, 근데 진짜 감사 인사 대신 들어 달라는 부탁이 뭐지? ……잠시만. 근데 생각해 보니까, '난 너를 오늘 처음 봤는데, 넌 나를 어떻게 그렇게 잘 아는 거야?'라고 물어봤을 때, 이상한 말로 당황시키고 대답은 안 해 줬잖아!!

그때, 본 수업 종이 울렸다. 곧 선생님이 오셨다.

"자자, 애들아, 인자 수업 시작한데이. 오늘은 졸지 말고, 잘 들어라이. 특히 조강석이."

반 아이들이 웃었다. 물론 나도 포함으로. 강석이는 어렸을 때부터 진짜 놀랄 정도로 국어 시간만 되면 졸았다.

"하연아, 정신 좀 차리라. 니 국어를 잘하는 건 아는데, 수업 땐 집중 좀 해라, 안 그라나."

"죄송합니다…."

선생님은 수업을 시작하셨다. 난 꽤 재밌었는데, 다른 애들은 아니었나 보다. 여기저기서 자는 애들이 보였다. 그때, 종이 울렸다.

"아, 뭐고, 시간 와 이리 후딱 갔노. 다음 시간에 보자이."

이내 선생님은 교실에서 나가셨다. 난 허리를 돌려 강석이랑 말을 하려고 했는데, 너무 곤히 잘 자고 있었다. 나는 강석이의 어깨를 살짝 치며 깨웠다.

"일어나. 쉬는 시간이야."

강석이가 움찔하며 일어났다. 난 살짝 웃으며 말했다.

"수업 시간에 잘 잤어?"

"아… 웃지 마."

"미안. 근데 오늘은 왜 잔 거야? 원래는 졸기만 하잖아."

"그냥 게임하느라."

"그래? 그럼 됐고."

난 이후, 자리에서 일어나 복도로 나갔다.

내가 왜 피했지..? 분명 물어본 건 나인데, 왜 내가 피한 거냐고..!

그냥 자리에 앉아 있으면 되는데….

난 한 번 심호흡을 하고, 다시 반으로 들어갔다.

"야야, 강하연! 나 너한테 궁금한 거 생김."

강우진이었다. 얘는 이상한 말 할 게 뻔해서 그냥 무시하고 옆으로 자연스럽게 지나갔다. 강우진이 다시 내 앞을 막아서며 말했다.

"아니, 진짜 궁금한 거 있다고!"

난 다시 무시를 하고 강우진을 지나쳐 갔지만, 강우진이 다시 내 앞을 막아서면서 말했다.

"아! 궁금한 거 있다고!"

이대로는 끝없다는 판단이 내려졌다.

"뭔데, 그게."

"너 조강석이랑 사귀는 거임, 박유성이랑 사귀는 거임?"

"둘 다 아니거든…."

"거짓말 같은데~"

난 깊은 한숨을 쉬고 내 자리로 돌아왔다. 책상에 엎드려 있는데, 누가 나를 가볍게 쳤다. 고개를 들어 보니, 시연이었다.

"하연아, 다음 교시 체육이야. 체육복 갈아입고 얼른 운동장 나가자."

난 일어나서 주위를 살펴보니, 다른 애들은 없고 나랑 시연이만 있었다.

"으응…. 그래. 가자."

탈의실로 가는 길에 갑작스럽게 시연이가 말을 걸어왔다.

"……유성이 좋아해?"

이건 또 무슨….

"아니, 오늘 처음 봤는데 좋아하기는 무슨…."

"하긴. 이미 강석이도 좋아하고 있는데 유성이까지 좋아하면 그건 좀…."

"시, 시연아, 웬만하면 학교에서는 강석이 얘기 꺼내지 말자."

시연이는 잠시 조용해졌다가 말을 이었다.

"응. 근데 진짜 유성이 안 좋아하는 거 맞지?"

"당연히 안 좋아하지…."

"다행이네……."

시연이가 왜 '다행이네'라고 하는 거지? 설마!! 시연이가 유성이 좋아하나..?!

"시연아, 너 유성이 좋아해?"

"어!? 뭐, 뭔 소리야! 안 좋아해!"

……시연이도 거짓말 진짜 못하는구나.

"근데 말은 왜 더듬어?"

"하나도 안 더듬었어!! 수업 늦기 전에 얼른 가자..!"

시연이는 나보다 먼저 뛰어서 탈의실로 들어갔다. 우리는 체육복으로 갈아입고 운동장으로 향했다. 종이 울리기 전까지 애들은 자유 시간을 즐기고 있었다. 어떤 애들은 농구를 하고, 어떤 애들은 벤치에 앉아 있고, 또 어떤 애들은 축구를 하고 있었다. 나랑 시연이는 벤치에 앉아서 애들을 보고 있었다.

난 그중에서 농구를 하는 강석이를 봤다.

…잘하네.

그렇게 넋을 놓고 보고 있다가 강석이랑 눈이 마주쳤다. 난 당황해서 다른 애를 보는 척 시선을 돌렸다.

"하연아, 왜 그래? 갑자기 얼굴이 붉어진 것 같은데? 너 설마 강…"

시연이가 강석이 때문에 그러냐고 할 것 같아서 재빨리 시연이의 말을 끊으며 말했다.

"그냥 좀 더워져서 그래..!"

"그래? 그럼 다행이네."

다행히 위기를 잘 넘겼다.

곧 종이 울리고 뿔뿔이 흩어져 있던 애들이 하나둘씩 모였다. 그리고 체육부장을 따라 준비운동을 했다. 준비운동을 끝내니 선생님이 오셨다.

"자!! 애들아! 오늘은 기분 좋으니까~ 운동장 2바퀴만 돌까?"

반 아이들이 모두 한탄하는 소리를 냈다.

"어? 너희 운동장 2바퀴 뛰고 나면 오늘은 특별히 수업 안 하고 재밌는 거 하려 했는데 안 되겠네~"

선생님이 그 말을 하시자마자, 애들이 운동장을 뛰기 시작했다.

난 반 바퀴째부터 힘들어지기 시작했지만, 꾹 참으며 운동장을 다 뛰었다.

"자, 애들아! 고생했다! 힘들면 물 마시고 와라~"

애들은 하나둘씩 물을 마시러 갔다. 난 물이 없어서 그냥 벤치에 앉아서 눈을 감고 심호흡하고 있었다.

"괜찮아?"

눈을 떠서 그 목소리를 낸 사람의 얼굴을 보니, 강석이었다.

"어? 응. 괜찮아…."

"하나도 안 괜찮아 보이는데? 물 안 가져왔어?"

"응…. 교실에 두고 왔어…."

강석이가 한숨을 쉬더니 말했다.

"이거 마셔."

강석이가 텀블러를 내게 건넸다.

"아냐, 나 괜찮…"

강석이가 내 말을 끊으며 말했다.

"내가 안 괜찮으니까 받으라고!!"

"…어."

순간 강석이가 화내는 것 같아서 난 강석이가 건네준 물을 받아 마셨다. 물을 어느 정도 마시고 다시 강석이한테 텀블러를 건네며 말했다.

"……고마워."

"그래그래~ 아, 그리고…."

"응?"

"그냥 솔직하게 네 마음 말해. 숨기면 너만 힘들어지잖아."

그 말을 끝으로 강석이는 먼저 선생님께 갔다. 나는 잠시 멍해졌다가 정신을 차리고 선생님께 갔다.

"자! 다들 기력 차린 것 같네! 일단… 장소를 그늘로 옮길까?"

다들 선생님 말에 따라 그늘이 있는 벤치에 앉았다.

"한번… 강석이랑 하연이 나와 볼래?"

난 왠지 모르게 살짝 불안했지만, 싫다고 할 수는 없었기에 앞으로 나갔다. 선생님이 목을 가다듬으시더니 말했다.

"하연이랑 강석이! 둘이 사귄다는 소문이 있던데~ 진짜야?"

왜 불안한 예감은 틀린 적이 없냐고..!!

"네~ 진짜예요!"

강우진 너 또!!

"선생님, 아니에요..! 강석이랑 안 사귀어요…. 그냥 소문이에요..!"

"그래? 근데 강한 부정은 강한 긍정이라던데~~ 하연이 너 강한 부정하고 있는 거 맞지?"

"아니, 진짜 저랑 강석이랑 그냥 친구라니까요..!?"

"근데 너무 부정하는데~ 오히려 그러면 더 수상해 보이는 거 알지??"

반 애들이 오오 거렸다.

"아, 그리고 하연이랑 유성이랑은 무슨 사이야?? 유성이가 하연이 너 좋아한다는 소문이 있던데~"

내가 부정하려던 순간 강석이가 먼저 말했다.

"그냥 아는 사이예요. 오늘 처음 만난."

"오? 강석이 너 아까 하연이랑 사귀는 소문 말했을 때는 가만히 있더니, 지금은 왜 당사자보다 먼저 반박해? 진짜 둘이 사귀는 거야?"

강석이는 아무 말 하지 않았다.

왜 아무 말도 안 하는 건데..!

"와, 잘 어울린다! 우리 유화중 공식 커플 탄생!"

아니, 진짜 강우진..!! 저주한다….

"쌤..!! 진짜 강석이랑 사귀는 것도 아니고 유성이랑도 그냥 오늘 처음 만난 친구라니까요..?!"

나도 모르게 목소리가 조금, 아니, 많이 커졌다.

"어? 하연아, 쌤이 들은 하연이 목소리 중에 제일 큰 것 같은데? 진짜 강석이랑 사귀는 거야?"

선생님의 반응에 애들이 웃었다. 나랑 강석이만 빼고. 근데… 강석이도 고개를 숙이고 피식 웃고 있는 것 같았..?

내가 잘못 보고 있는 건가..? 아닌데..?! 분명 웃고 있는데?!

선생님이 강석이의 모습을 보고 말했다.

"어? 강석이 너 웃고 있는 것 같은…"

강석이가 살짝 움찔하더니, 선생님의 말을 끊고 말했다.

"안 웃었어요."

"그래? 그럼 왜 이렇게 당황하셨을까~"

"누가 당황했다고 그러세요."

누가 봐도 강석이는 당황한 것 같아 보였다.

"오, 조강석 당황했대요~"

"강우진 넌 조용히 해. 그리고 당황 안 했거든. ……쌤, 수업 얼마나 남았어요?"

선생님이 웃으면서 말했다.

"너도 거짓말 진짜 못하는구나? 아직 20분이나 남았는데~"

"아……."

강석이는 고개를 푹 숙였다. 그런 강석이를 보고 난 살짝 귀엽다고 생각…

뭔 생각이야, 강하연!! 하… 나 진짜 미쳤나 봐….

"지금 좀 조용해졌는데, 쌤이 하연이한테 뭐 좀 물어봐도 돼?"

"아, 네. 괜찮아요."

'안 돼요'라고 생각했으면서… 왜 말은! 이 바보, 강하연!

"오? 나 진짜 물어본다? 봐 봐. 하연이가 지금 강석이랑 안 사귀고 있다고 했는데~ 하연이 말로는? 아무튼! 만약에 강석이랑 유성이가 동시에 고백하면 누구랑 사귈 거야?"

이건 또 무슨 질문이야..?

"……그냥 평생 혼자 살게요."

선생님이 웃으며 말했다.

"둘 다 싫은 거야? 그럼 강석이랑 유성이랑 누가 더 나아?"

"네..? 그게…."

"하연아, 이거 오래 고민하면 더 이상해지는 거 알지?"

"두, 둘 다 못 골라요..!"

잘 대답한 거겠지..?

"…쌤 저 화장실 좀 다녀와도 돼요?"

"어, 응. 그래. 다녀와."

강석이는 선생님의 대답을 듣자마자, 운동장을 떠났다.

……강석이 목소리, 우울해 보였는데…. 기분 탓이겠지..?

그렇게 3, 4교시가 끝났고, 점심시간이 됐다. 유림, 소라, 나. 이렇게 셋이서 밥을 먹고 있었다.

"하연아, 너 진짜 강석이랑 사귀는 거 아니야??"

"아무리 봐도 사귀는 것 같은데~"

"안 사귄다고..!"

그런데 갑자기 뒤에서 누가 내 어깨를 살짝 쳤다. 난 뒤를 돌아보니, 유성이었다.

"수업 잘 들었어?"

수업이라는 말에 오늘 체육 시간이 생각나서 살짝 뜨끔했지만, 아무렇지 않은 척하며 말했다.

"어….""

유성이가 소라랑 유림이를 힐끔 보더니 다시 나를 보며 말했다.

"친구들이야?"

"응, 맞아. 친구들….""

소라가 웃으면서 말했다.

"하연아, 우리는 빠져 줄게~ 박유성이랑 좋은 시간 보내!"

소라가 유림이를 데리고, 자리에서 일어났다.

아니 저런!!

"애들 갔으니까, 앞에 앉아도 되지?"

유성이가 내 앞에 앉으면서 말했다.

"어? 응. 괜찮…"

"안 되는데?"

갑자기 강석이가 나타나서 말했다.

애는 또 어디서 나타난 거야..?

"네가 뭔데."

"하연이 친구인데 왜."

"아, 너구나? 하연이랑 사귄다고 소문난 조강석이? 근데 뭐… 소문나든 말든, 나랑은 상관없지."

"뭔 말이 하고 싶은 거야."

"너랑 하연이랑 헛소문이 나도 나랑은 전혀 상관없다고."

주변이 소란스러워지기 시작했다. 강석이랑 유성이뿐만 아니라, 이 모습을 보고 있던 애들과 선배. 심지어 후배들까지…. 난 얼굴이 뜨거워지기 시작했다. 대충 애들이 하는 말을 들어 보니….

"야야, 저 선배들 봐 봐."

"헐. 삼각관계다."

유성이가 후배들을 힐끔 보더니, 다시 나를 보며 말했다.

"나중에 다시 얘기하자. 나머지 수업도 잘 들어."

이내 유성이는 자리를 떠났다.

아마 내가 주목받는 걸 싫어한다고 해서, 일부러 피해 줬겠지…. 계속 유성이한테 도움만 받네….

"무슨 생각해?"

"어? 아니, 그냥 좀…."

"나 진짜 장난 하나도 안 섞고 진심으로 물어볼게. 너 박유성 좋아해?"

"하… 나 유일하게 너는 믿었는데 너까지 그러냐!!"

분명 생각만 하려 했는데, 말이 나와 버렸어….

강석이는 재밌다는 듯이 웃으며 말했다.

"너 반응 보니까 확실히 좋아하는 건 아닌 것 같네. 점심 다 먹을 때까지 기다려 줄게."

"어? 나 안 기다려 줘도 되는…"

강석이가 내 말을 끊으며 말했다.

"그냥 기다려 주는 거라고."

그 말을 끝으로 우리 사이에는 정적이 흐르다가 강석이가 작게 뭐라고 중얼거렸다.

"응? 뭐라고? 못 들었어."

"아니야. 아무것도."

강석이의 얼굴은 누가 봐도 당황한 표정이었다.

"너 누가 봐도 당황한 것 같은 표정이거든? 뭐라고 했길래 그래?"

"아무것도 아니라고…."

어째서인지, 강석이의 얼굴 톤이 살짝 붉어진 것 같았다.

기분 탓…이겠지..?

밥을 먹는 동안 우리 사이에는 정적만 흘렀다. 교실로 가는 길, 강석이가 말을 걸어왔다.

"몸은 좀 괜찮아?"

"아, 응. 괜찮아."

"그래. 괜찮아 보이네. 근데 아침에 아무 이유 없이 쓰러졌던 거야?"

"어? 아니. 아무 이유 없었던 건 아니고 그냥 소문 때문에 스트레스 받아서 그랬… 어? 너 마침 말 잘했다! 네가 일주일 후면 소문 잠잠해질 거라며!! 근데 잠잠해지기는커녕, 더 많은 사람이 알게 됐잖아..!!"

"그래서? 싫어?"

"좋겠냐고…. 그냥 친구랑 사귄다는 소문이 퍼졌는데…."

"하긴. 학교 어디를 가도 다들 그 얘기밖에 안 하더라. 너로서는 끔찍하겠네. 관심받는 거 싫어하니까."

"하…… 심지어 소문 내용이 더 부풀기까지 했으니…."

"아, 박유성이 너 좋아한다느니, 남친 있는 사람 뺏는다느니?"

"응. 진짜 힘들어 죽겠다. 어디를 가도 다 소문 얘기밖에 안 해서…."

"…그래. 힘들겠네."

어느새 우리는 교실에 도착했다.

아, 맞다. 언제 내 뒷자리로 옮겼는지 안 물어봤네.

난 허리를 돌려 강석이를 보고 물었다.

"자리 언제 여기로 옮긴 거야?"

"오늘 아침에."

"왜 옮긴 거야?"

"눈이 좀 나빠져서."

난 고개를 끄덕였다.

"왜? 나 와서 싫어?"

갑자기 이렇게 직설적으로 물어본다고..?

"아니… 그냥 갑자기 왜 내 뒤로 왔는지 궁금해서."

"아, 싫은 건 아니라는 거지?"

"싫거나 좋다는 감정은 없어. 그냥…… 평소랑 똑같아."

"알겠어."

난 그 말을 듣고, 다시 허리를 원래대로 돌렸다. 그리고 아무 생각 없이 낙서를 끄적이고 있었다.

어느새 점심시간이 끝나고 5, 6교시도 끝났다. 학교가 끝나고 유림이와 놀기로 했기에 유림이의 청소가 끝날 때까지 기다렸다. 10분 후, 유림이가 청소를 끝내고 나왔다.

"미안! 오래 기다렸어??"

"아냐, 괜찮아. 근데 우리 어디서 놀 거야?"

"하연이 너 가고 싶은 곳 있어?"

"딱히 없어."

"그러면~ 카페 가자!"

나랑 유림이는 카페로 향했다. 우리는 각자 먹을 걸 시키고 자리를 잡아 앉았다.

"하연아, 좋아하는 사람 있어?"

난 '좋아하는 사람'이라는 말에 살짝 움찔했다.

사실대로 말해도 될까? 유림이 성격으로는 다른 애한테 말할 것 같은데….

"아니. 없어."

"아, 진짜? 의외네. 강석이나 유성이 좋아할 줄 알았는데."

"아니, 둘 다 그냥 친구라니까..?"

"그래, 그래~ 알겠어~"

누가 봐도 안 믿는 눈치잖아….

"아니, 나 진짜 좋아하는 사람 없다니까?"

유림이가 웃으며 말했다.

"누가 뭐래?"

"아…….."

"근데 하연아 나 궁금한 거 물어봐도 돼? 제발~~"

뭔가 곤란한 거 물어볼 것 같은데….

"일단 먼저 들어 보고…."

"오, 진짜? 그럼 물어볼게! 강석이랑 너랑 5살 때부터 친구라고 했지??"

"응, 맞아."

"강석이 어렸을 때도 잘생겼었어?"

이건 또 뭔 소리지….

"음……."

하늘이 도운 건지 시킨 음료가 나왔다는 진동벨이 울렸다. 난 누구보다 빠르게 말했다.

"어? 시킨 거 나왔네. 내가 가서 가져올게."

다행히 발등에 떨어진 불은 잘 껐다. 그런데 이다음이 문제다. 유림이 성격으로는 절대 그냥 넘어가지 않을 것이다.

어떻게 말해야 의심을 안 받지..?

아무리 생각을 해 봐도, 답은 나오지 않았다. 난 그냥 '어떻게든 되 겠지'라는 생각으로 음료를 가지고 자리로 갔다.

"하연아! 그래서 강석이 어렸을 때도 잘생겼었어?"

"어? 어… 사실 나도 걔 어렸을 때 얼굴을 까먹어서."

거짓말이다. 강석이의 어릴 때 얼굴, 또렷이 기억한다. 강석이는 어 렸을 때도 꽤 잘생긴 편이었다.

"아… 그래?"

"근데 유림아, '어렸을 때도'라는 건 지금 강석이가 잘생겼다는 얘 기야?"

"응? 솔직히 강석이 정도면 잘생긴 편 아니야?"

난 살짝 당황했다.

"강석이는 자기 평범하게 생겼다고 하기는 하는데, 이목구비 되게 뚜렷하잖아!"

"그런가….'

그 이후로 우리는 여러 대화를 주고받았다. 시간이 꽤 많이 지나고 내 전화 벨소리가 울렸다. 강석이었다.

"여보세요?"

"응, 하연아, 혹시 내일 시간 돼?"

"어… 왜..?"

잠시 정적이 흐르다가 강석이가 말했다.

"놀자 하려고. 그래서 시간 돼, 안 돼?"

뭐, 뭐야, 이거 데이트 신청이야..?

"…돼."

"몇 시쯤에 돼?"

"아, 나 12시쯤..?"

"그럼 1시까지 너네 집 앞으로 갈게."

"어? 알…겠어."

"응. 내일 봐."

전화가 끊겼다.

"누구 전화야??"

"아, 부모님 전화인데… 유림아, 미안해. 나 지금 가 봐야 할 것 같은데…."

"어쩔 수 없지…. 잘 가!"

"응, 안녕."

난 가방을 챙겨, 집에 도착했다. 난 도착하자마자, 옷장을 열어 살펴보기 시작했다. 무채색 옷만 있는 옷장에 딱 한 벌 있는 블라우스와 연 하늘빛 치… 잠시만. 왜 있는 거지..? 산 기억이 없는데…. 난 기억을 회상해 봤다.

[엄마] 하연아, 택배 확인해 봐! 너한테 잘 어울릴 것 같아서 샀어! 나중에 입어 봐! +너희 아빠 카드로 산 거다^^

"아, 맞다. 엄마랑 아빠한테 택배로 받았었지…."

난 한번 입어 봤다. 나쁘지 않은 것 같았다.

"야, 강하연 들어간…"

강우재가 방문을 열며 들어왔다.

"뭐야. 너 왜 그런 예쁜 옷을 입고 있냐."

"네가 알 거 없잖아."

"헉!! 설마 너… 데이트하냐?!"

뭐, 뭐야? 뭐 이리 감이 좋아?!

"아니거든!!"

"그럼 네가 그런 옷을 입을 리가 뭐가 있는데!!"

"그냥 엄마, 아빠가 사 준 성의로 입어 본 거거든..!"

"수상한데~ 강하연이 누구랑 데이트하는 걸까요~ 강석이?"

난 순간 당황해서 말을 못 이었다.

"어? 눈동자 흔들렸다! 맞구나! 강석이랑 데이트하는 거!"

"아니, 뭐 어떻게 때려 맞춘 거야?"

오빠가 웃으며 말했다.

"내가 감이 좀 좋아야지~"

"아니, 알았으면 나가."

"안 되지. 네가 강석이 좋아한다고 할 때까지 안 나갈 거~"

"아니, 안 좋아한다고!!"

"그럼 강석이랑 둘이서 노는데 그렇게 예쁜 옷을 입은 건 뭐야? 내가 너 강석이랑 데이트하는 거 맞혔을 때 흔들린 네 눈동자는 뭐야? 지금 얼굴 빨개진 건 뭐야?"

이, 이대로는 내가 불리하다….

"나, 나 바람 좀 쐬고 올게..!"

난 황급히 집을 빠져나왔다.

"야, 강하연! 도망이냐?!"

난 못 들은 체하고 근처 공원에 갔다. 찬 공기를 쐬니 조금 나아지는 것 같았다.

"하연이 맞지?"

놀라며 뒤를 돌아보니 유성이었다.

"어, 어. 맞아…."

"이 한밤중에 왜 나와 있어?"

"좀… 더워서. 그러는 넌 왜 나와 있어?"

"밤 산책하는 거 좋아해서."

오… 살짝 의외인데..?

"아, 그래?"

"응. 안 어울려?"

"살짝..?"

"그런 말 자주 듣기는 해. ……어디 좀 앉을까?"

"어? 아, 응."

나랑 유성이는 공원 벤치에 앉았다.

이렇게 둘이 앉아 있으니까 살짝 어색하네….

"……옷 잘 어울린다."

"어? 아, 맞다. 나 이거 입고 나왔었지."

"모르고 있었어?"

"아, 좀 급하게 나온 거라…."

"근데 뭘 하면 그런 옷을 집에서 입고 있어?"

아, 하긴. 집에서 블라우스랑 치마 입고 있는 경우가 흔할 리가….

"아, 그… 안 맞는 옷 버리려 했는데 이 옷은 가늠이 안 돼서 입어 봤다가 더워서 나왔어..!"

"그렇구나. 근데 아직 쌀쌀한 것 같은데 안 추워?"

"딱히 춥지는 않은 것 같은데…."

"감기 걸리면 어쩌려고."

유성이가 자신의 겉옷을 벗어 나한테 건네며 말했다.

"입어."

"나 괜찮은…"

"내가 안 괜찮아."

난 유성이의 겉옷을 받아들이고 옷을 입었다. 근데 많이… 컸다. 그 후로 정적만이 흘렀다. 왜 하필 지금 아침에 있었던 일이 머릿속에 스쳐 지나간 걸까.

"대답은 언제 할 거야?"

"응? 무슨 대답?"

"아니, 학교에서 내가 분명 '난 너를 오늘 처음 봤는데, 넌 나를 어떻게 그렇게 잘 아는 거야?'라고 물어봤는데 이상한 말로 당황시키고 대답은 안 했잖아..!"

"이상한 말? 아~~ 너무 망설여서 고백인 줄 알았다는 거?"

난 살짝 움찔했다. 그리고 작은 목소리로 말했다.

"그, 그래, 그거. ……그래서 진짜 대답은 언제 할 건데…."

유성이가 웃으면서 말했다.

"지금 할게. 그냥 내가 눈치가 좀 빨라서."

난 유성이의 얼굴을 힐끔 봤다. 유성이는 피식 웃고 있었다.

"보니까 너, 말할 때 눈을 못 마주치더라고."

"그, 그건 네가 키가 너무 커서 그런 거고..!"

"그럼 지금은?"

유성이가 고개를 숙여서 나랑 눈을 맞추며 말했다.

심장이… 왜 이렇게 빨리 뛰어..?

난 눈을 피했다. 유성이가 피식 웃으며 말했다.

"봐. 못 맞추잖아."

"아니, 이건 네가 갑자기 한…"

유성이가 내 말을 끊으며 말했다.

"이제 내 부탁 말해도 되지?"

아, 맞다. 유성이가 감사 인사 대신, 부탁 하나 들어 달라고 했었지….

"응. 말해도 돼."

"5초만 나랑 눈 맞춰 줘."

난 고개를 돌려 유성이랑 눈을 맞췄다.

심장이 또 왜 이래….

"내일 나랑 놀자."

"어..?"

난 내일 강석이랑 데이트, 아니, 같이 놀기로 한 게 생각났다.

"아, 내일은 조금 힘든데….

"그래? 내일 선약 있어?"

"응. 강석이랑. 미안…."

유성이의 얼굴이 순간 굳어진 것 같아 보였다.

"아… 조강석이랑? 둘이서?"

"으응…."

"내일 어디서 만나?"

"어? 그냥… 강석이가 내 집 앞으로 온다는데..?"

"그래? ……몇 시에 만나?"

난 유성이가 이런 것들을 왜 물어보는지 살짝 의아했지만 대답을 안 하기는 좀 그래서 그냥 사실대로 말했다.

"내일 1시까지…."

유성이는 고개를 들고 핸드폰을 보더니 말했다.

"시간이 늦었다. 집 데려다줄게."

"아니, 나 괜찮은…"

유성이가 내 말을 끊으며 말했다.

"오케이~ 데려다줄게. 먼저 가."

이런 막무가내….

내가 먼저 안 가면 계속 집에 안 보내 줄 것 같았기 때문에 어쩔 수 없이 집으로 향했다.

"근데 유성아. 나 궁금한 거 좀 물어봐도 돼?"

"응. 물어봐도 돼. 뭔데?"

난 잠시 고민하다가 말했다.

"너 나 오늘 처음 보는 거 맞지..?"

"응. 맞아. 오늘 처음 봤어. 아, 정확히는 학교 다니다가 몇 번 본 적 있긴 해. 근데 그건 왜?"

"그냥 네가 무서울 정도로 날 너무 잘 아는 것 같아서…."

"그냥 눈치가 빨라서 그래."

"응, 알겠어…."

어느새 내 집 앞에 다 왔다.

"집 다 왔다. 데려다줘서 고마워. 잘 가."

그런데 유성이는 가지 않았다.

"안 가?"

"아, 너 들어가는 거 보고 가게."

"어? 알겠어. 나 이제 진짜 가 볼게. 아, 그리고 여기 겉옷."

난 겉옷을 유성이한테 건넸다.

"고마워. 잘 가."

난 현관문을 열고 들어갔다.

"어? 강하연 너 얼굴이 왜 그렇게 붉냐?"

"아무것도 아니야..!"

난 내 방으로 들어가서 옷을 갈아입고 일찍 잠자리에 들었다.

"하연아."

어..? 유성이 목소리 같은데….

"좋아해. 많이. 중학교 입학식 때 너 처음 봤는데 그때, 너 웃는 거 보고 난 이후로 너밖에 안 보였어. 나랑 사귀어 줘."

그제야, 흐릿했던 유성이의 얼굴이 또렷이 보였다.

"어..?"

"1년 동안 말 한 번 못 건 내가… 너무 한심했어. 근데 저번에 너 등굣길에 쓰러지는 거 봤을 때는, 생각하는 것보다 몸이 먼저 나가더라. 널… 많이 좋아해서 그랬던 것 같아."

난 놀라며 잠에서 깼다. 평소와 다를 바 없는 내 방이었고, 시곗바늘은 11시 반을 가리키고 있었다.

하… 하… 뭐 이리 꿈이 생생해..?

내 심장은 빠르게 뛰고 있었다. 무엇보다 유성이의 얼굴이 너무 가까웠어서….

뭐, 뭐야, 심장이… 왜 이렇게 빨리 뛰어..?

어젯밤, 가로등 불빛에 비친 유성이의 모습이 떠올랐다. 늑대가 떠오르는 눈, 큰 키, 낮은 목소리. 심장이 이전보다 훨씬 더 빨리 뛰기 시작했다.

하… 나 어떡해…. 유성이도 좋아하는 거야..?

심호흡을 하고 시계를 보니, 11시 50분이었다. 이대로 가만히 있을 수는 없었기에 난 나갈 준비를 했다. 준비를 끝내고 시간을 확인해 보니, 12시 20분이었다. 아직 약속 시간은 많이 남았지만, 그냥 먼저 나가서 기다리기로 했다.

언제 오려나…. 그보다 2명을 좋아하는 나는 어떡하지….

얼마나 지났을까. 누군가 내 어깨를 살포시 쳤다. 뒤돌아보니, 강석…이가 아니라 유성이었다.
"안녕?"
"어? 어…. 그런데 네가 왜…."
"그냥. 너랑 조강석이랑 같이 놀고 싶어서."
"네가 뭔데 나랑 놀아?"
곧이어 강석이도 왔다.
"내 목표가 너일 것 같냐."
"그럼 뭔데."
"눈치 진짜 없네."
심상치 않은 분위기를 느낀 나는 둘의 대화를 끊고 말했다.
"그, 그만해…."
다행히 둘은 언쟁을 멈췄다.
다행이다….
"하연아, 가자."
강석이가 내 손목을 살포시 잡고, 어디론가 데려갔다. 물론 유성이도 나랑 강석이를 따라왔다. 뒤에서 따라오는 유성이가 내게 말을 걸어왔다.
"머리 푼 거 잘 어울린다."

"그, 그래?"

갑자기 강석이가 말했다.

"근데 하연아, 너 이렇게 꾸민 모습 처음 보는 것 같은데? 오늘 나랑 놀고 또 어디 가?"

"아, 그건 아니고…. 그냥 오늘은 좀 꾸미고 싶었어…."

"잘 어울리네."

"고, 고마워…."

'잘 어울린다'라는 말이, 이렇게 사람 심장을 빨리 뛰게 만들 수 있는지 지금 처음 알았다. 갑자기, 어젯밤 유성이가 고개를 숙여 눈을 맞춘 기억이 떠올랐다.

"하연아, 어디 아파? 얼굴 빨개졌는데?"

그만 생각해, 강하연..!!

"어? 아니야! 그냥 더워서 그래."

"그래? 진짜야?"

"으응, 당연하지…."

유성이가 내 옆에 서며 나만 들릴 정도로 말했다.

"오늘 예쁘니까 자신감 가져도 돼."

난 살짝 움찔했다. 유성이는 피식 웃으며 작게 말했다.

"움찔하는 거 귀엽네."

'귀엽다'라는 말을 친구 사이에서 이렇게 쉽게 할 수 있는 거야..?!

"그, 근데 강석아! 우리 어디 가는 거야?"

"영화 보러."

"진짜? 무슨 장르야?"

"공포."

순간적으로 유성이가 움찔한 것 같아 보였다.

공포 영화 잘 못 보는 건가?

"나 공포 영화 좋아하는 건 어떻게 알았어?"

"너 어렸을 때부터 나랑 공포 영화 많이 봤잖아."

"오, 기억력 좋다?"

"그런 편이지."

그러다 갑자기 유성이가 물었다.

"공포 영화 좋아해?"

"어? 응. 되게 좋아해."

유성이는 고개를 끄덕였다. 그리고 유성이의 혼잣말이 들렸다.

"공포 영화 좋아하는구나…."

뭐지? 내가 공포 영화 싫어할 것같이 생겼나..?

영화관에 도착했다.

"영화표는 내가 살 테니까 간식은 네가 사라, 박유성."

"말 안 해도 그럴 거였거든? 가자, 하연아."

유성이가 내 손목을 살포시 잡고 매점으로 갔다.

"무슨 맛 팝콘 좋아해?"

"난 그냥 오리지널 맛."

"그럼 오리지널이랑 어니언 반반 사자. 음료는 뭐 좋아해?"

"아이스티..?"

유성이가 웃으며 말했다.

"음료도 너 닮은 거만 마시네."

칭찬…인가..?

유성이는 팝콘과 탄산음료, 아이스티를 시켰다. 우리는 간식을 가지고 강석이가 있는 곳으로 갔다.

"영화 시간 몇 시야?"

"1시 45분."

"지금 1시 30분인데..?"

"그러니까 지금 들어가야지."

강석이가 유성이를 보며 말했다.

"박유성, 너는 내 옆에 앉을 생각하지 마라."

"너 그만 생각하고 다니냐. 나도 싫거든?"

"둘 다 그만해…."

우리는 상영관 안으로 들어갔다. 유성이, 나, 강석이 순서로 자리에 앉았다. 강석이가 나한테만 들릴 정도로 작게 귓속말을 했다.

"나 잠깐 나갔다 올게."

"응, 다녀와."

강석이는 내 머리를 살짝 쓰다듬더니 자리를 떠났다.

바, 방금 뭐야..?!

"하… 조강석 진짜 짜증 나네. 하연아, 쟤가 계속 짜증 나게 하면 말해."

"아, 아냐. 괜찮아…."

그때, 영화 시작 전에 나오는 광고들이 끝나고, 영화가 시작됐다. 이 영화는 처음부터 무서운 편이었다. 이상한 소리가 나다가 갑자기 흰자 없는 귀신이 튀어나왔다. 사람들의 비명 소리가 들렸다. 그리고 내 옆에 앉아 있는 유성이는 움찔거렸다. 난 유성이만 들릴 정도의 목소리로 귓속말을 했다.

"무서워?"

"무, 무섭긴 누가 무섭다고 그래..! 애들이 보는 걸 내가 왜 무서워해..!!"

지금 유성이의 모습은 평소에는 보기 힘들 것 같은 당황한 모습이었다.

유성이 약점이 공포 영화일 줄이야…. 겁 하나도 없을 것같이 생겼는데…. 뭐, 무서워하는 거 보니까 귀여운 것 같기도 한… 뭐, 뭔 생각을 하는 거야, 강하연..!! 나 드디어 미친 건가..?

곧 강석이가 자리에 돌아왔다. 강석이는 돌아오자마자 나한테 귓속말을 했다.

"잘 보고 있었어?"

"응, 잘 보고 있었어."

"그래. 마저 재밌게 보자."

영화에는 거의 10초에 한 번꼴로 얼굴 없는 귀신이나 흰자 없는 귀신이 나와서 사람들의 비명이 끊이질 않았다. 유성이는 비명을 꾹 참고 있는 듯했지만 계속 움찔거렸다. 그리고 유성이의 혼잣말이 들렸다.

"하… 이거 왜 이렇게 무서워….."

내가 뭘 해 줄 수 있는 거지..?

내 옆에 앉아 있던 강석이가 물었다.

"하연아, 안 무서워?"

"응. 난 딱히…."

"겁 없네."

약 1시간 후, 영화의 엔딩 크레딧이 올라왔다. 상영관을 나가는 길, 유성이는 걷기 힘들어 보였다. 그 모습을 본 강석이가 놀리듯이 웃으며 말했다.

"야, 박유성. 너 공포 영화 못 보냐?"

"잘 보거든? 넌 신경 꺼."

"무서운 장면 나올 때마다 계속 움찔거리는 거 다 봤는데."

"……네가 잘못 본 거겠지."

"아닌데. 분명 봤는데."

이대로는 둘의 언쟁이 끝나지 않을 것 같아서 내가 먼저 둘의 대화를 끊으며 말했다.

"둘 다 그만하고, 얼른 가자..!"

그제야 둘은 조용해졌다.

"근데 하연아, 이제 어디 가고 싶은 곳 있어?"

"음… 밥 먹으러 갈래?"

"영화 봤더니 배고파?"

"응. 조금…."

"그래. 밥 먹으러 가자."

우리는 영화관 근처에 있는 우동 집에 들어갔다. 들어갔는데, 자리가 애매했다. 정사각형 모양의 테이블이었는데, 의자는 4개. 난 강석이랑 유성이가 싸우기 전, 먼저 들어가서 앉았다. 유성이가 내 옆에 앉으려고 하자 강석이가 유성이 앞을 막아섰다.

"네가 반대편 가서 앉아."

"내가 왜."

유성이는 잠시 조용해졌다가 강석이를 보고 비웃는 것처럼 웃으며 말했다.

"아니다. 그냥 내가 하연이 얼굴 마주 보고 앉을게."

유성이가 내 앞에 앉았다.

"야, 박유성. 자리 바꿔."

"선착순이지."

강석이는 이내 한숨을 쉬고, 내 옆에 앉았다. 직원분이 와서 말을 걸었다.

"손님, 주문하시겠어요?"

"아, 네…. 저는 기본 우동 하나요…. 너희들은?"

"어묵 우동 하나요."

"기본 우동 하나요."

"네. 그러면 기본 우동 2개에 어묵 우동 하나 맞으실까요?"

"네, 맞아요."

직원분은 자리를 떠났다. 음식을 기다리는 동안 우리 셋은 아무 말도 하지 않고 있다가 강석이가 나한테 말을 걸어왔다.

"하연아, 영화 평점 얼마쯤 돼? 10점 만점에."

"개인적으로 8점 정도?"

"2점은 왜 뺐어?"

"내용이 복잡한 감이 있어서..?"

"내용이 좀 복잡하긴 하더라."

유성이는 아까 내용에 집중을 못해서 대화에 끼지 못하는 것처럼 보였다.

"유성아, 너는 어땠어?"

"나? 나는 뭐… 지루하던데."

거짓말…. 영화 보는 내내 움찔거렸으면서…….

나랑 강석이, 유성이가 대화를 하고 있다가 진동벨이 울렸다.

"어? 내가 가지고 올게."

"아니야, 하연이 너 혼자서 못 들어. 같이 가자. 박유성, 너도 일어나."

"말 안 해도 일어날 거였거든."

우리 셋은 일어나서 각자 시킨 메뉴를 가지고 왔다.

"잘 먹겠습니다."

강석이가 피식 웃으며 말했다.

"하연이 너는 뭐 먹기 전에 항상 '잘 먹겠습니다'라고 하더라?"

나도 살짝 웃으면서 말했다.

"아, 습관 때문에."

"참~ 익숙한 습관이지."

난 고개를 끄덕이고, 우동을 먹었다. 먹고 있던 중, 유성이가 물었다.

"하연아, 기본 우동 맛있어?"

"어? 응. 오랜만에 먹어서 더 맛있어."

"한 입 먹어 봐도 돼?"

"어? 뭐… 그래."

유성이는 내 우동에 젓가락을 가져다 대려고 했는데, 강석이가 유성이의 젓가락을 막았다.

"기본 맛인데, 먹기는 뭘 먹어. 박유성, 너 음식에 있는 면만 건져 먹으면 하연이 거랑 맛 똑같다."

"내가 그것도 모를 줄 알아? 조강석 너도 진짜 놀랄 정도로 눈치 없네."

"왜 시빈데."

"네가 눈치 없는 건 사실이니까."

"둘 다 그만해…."

둘은 조용해졌다. 우리 셋은 아무 말 없이 음식을 마저 먹었다. 이제 계산을 해야 했다. 내가 카드를 내밀려는 순간, 유성이가 막으며 자신의 카드를 내밀었다.

"이걸로 결제해 주세요."

"네. 19,000원입니다."

직원분이 결제를 하고, 유성이에게 카드를 줬다.

"안녕히 가세요."

우리는 가게에서 나왔다.

"조강석 너는 당장 6,000원 계좌로 돈 보내라."

"그럼 너, 영화 티켓값 10,000원 내놔."

"왜. 간식 내가 샀잖아."

"영화 티켓이 훨씬 비싸잖아."

유성이가 한 번 한숨을 쉬더니, 말했다.

"팝콘 8,000원이고 음료수, 개당 3,000원이거든? 내가 1,000원 가지고 쩨쩨하게 굴기 싫어서 말 안 했는데 뭐가 어쩌고저쩌째?"

강석이는 더 이상 말하지 않았다.

"아무튼, 조강석. 6,000원 내놔."

"…계좌번호 말해."

유성이는 계좌번호를 말하고, 강석이는 돈을 보냈다.

근데 강석이는 팝콘은 안 먹고, 음료수만 마시지 않았나..? 그럼 계산이 이게 맞아..?

내 옆에 서 있던 강석이가 물었다.

"하연아, 아직 4시밖에 안 됐는데, 어디 또 가고 싶은 곳 있어?"

"딱히 없는 것 같은데…."

"오락실 콜?"

"콜..! 가자."

우리는 오락실로 향했다. 유성이가 강석이를 보며 말했다.

"개인전?"

"어."

"내기 걸려 있냐."

"어."

이상하게 강석이랑 유성이가 말할 때마다 냉기가….

"노래 점수 내기하실?"

"싫어."

"왜. ……아, 박유성 너 설마 음치냐? 그럼 뭐~ 딴 겜하고~"

"야. 떠."

"콜."

"아니, 너희 둘 다 잠시만..! 싸우는 거야, 노는 거야?"

"당연히 싸…"

유성이가 강석이 말을 끊으며 말했다.

"노는 거지. 얼른 노래 부스 들어가자."

뭐지. 강석이는 싸우는 거라고 하려 했던 것 같은데….

강석이가 마이크 커버를 씌어서 나한테 마이크를 건넸다.

"먼저 불러."

"어? 나부터..? 뭐… 알겠어."

강석이가 유성이를 보며 말했다.

"음까지 맞추는 모드, 콜?"

"아니. 싫어."

"아~ 박유성 음치여서 자신 없나 보네? 그럼 뭐~ 일반 모드로 하던지~"

"떠."

"콜."

아니, 얘네 진짜 싸우는 것 같은데.

"근데 조강석, 내기 보상 뭐냐."

"점수 낮은 사람이, 하연이 포함해서 이긴 사람한테 아이스크림까지 사 주는 거."

"콜. 근데 하연아, 무슨 노래 부를 거야?"

"아, 나 노래 잘 못 불러서 그냥 일본 노래."

"아~ 무슨 노랜지 알겠다."

강석이가 안다고? 내가 쟤 앞에서 노래를 부른 적이… 아, 많구나. 난 노래 번호를 입력해서 부르기 시작했다. 그래프에 맞춰 최대한 열심히 부른 결과, 73.2점이 나왔다. 나쁜 점수는 아니었다. 강석이가 박수를 치며 말했다.

"오~ 실력 많이 늘었는데?"

"아, 그래..?"

"응. 진짜 많이 늘었어."

그때, 유성이가 말했다.

"하연아, 너 노래 되게 잘 부른다."

"아, 고마워…. 다음 누구 부를 거야?"

"조강석."

강석이가 비웃듯이 말했다.

"너 자신 없나 보네? 오케이. 특별히 내가 먼저 불러 준다."

강석이는 처음 보는 노래를 부르기 시작했다. 밝은 강석이의 성격과 잘 어울리는 노래였다. 발성도 또렷하게 들리고, 박자도 잘 맞았다. 점수가 나왔는데… 87.6?! 엄청난 점수다….

"오, 잘 부른다..!"

"그래?"

"응. 점수 보면 몰라?"

"이제 박유성 너 불러."

"말 안 해도 부르려고 했어. 마이크 내놔."

강석이가 유성이한테 마이크를 던지듯이 건넸다.

"성격하고는."

유성이는 어떤 팝송을 골라 겉옷까지 벗고 노래를 부르기 시작했다. 유성이의 노래 실력은… 음색이 놀랄 정도로 좋았고, 영어 발음도 좋고, 음높이도 잘 맞았다. 점수는 89.9…. 태어나서 본 노래 점수 중에 가장 높은 점수였다.

이렇게 잘 부르면서 아까는 왜 다른 게임 하자고 한 거지..?

"조강석, 네가 아이스크림 사."

"하… 가. 하연아, 가자."

강석이는 내 손목을 잡고 노래 부스를 나가서 편의점으로 향했다.

"뭐 사 줄까?"

"음… 난 이거."

나는 냉동고에서 내가 평소에 좋아하는 복숭아 맛 아이스크림을 꺼냈다. 강석이는 웃으며 말했다.

"그거일 줄 알았어. 사 줄게."

"조강석 나도 사 줘야지. 나도 너보다 점수 높게 나왔잖아."

"골라야 사지."

"이미 골랐거든?"

"녹차? 쓰기만 한 걸 왜 먹냐."

"네 알 바 아니잖아."

"두, 둘 다 그만해."

둘은 조용해졌다. 강석이가 아무 말 없이 계산을 하고 우리는 편의점을 나왔다.

"하연아, 이제 마지막으로 하고 싶은 거 있어?"

"음…. 타로..?"

"가자."

우리 셋은 타로 집으로 향했다. 들어가자마자 신비한 기운이 느껴지는 타로 술사가 있었다.

"거기 너."

타로 술사가 나를 가리키며 말했다.

"2명이지?"

'2명이지?' 좋아하는 사람 말하는 건가? 뭐야? 어떻게 저렇게 정확해..?!

타로 술사가 강석이, 유성이를 보더니, 말했다.

"너희 둘. 잠깐 나가 있어 봐."

"예? 저희가 왜요?"

"이 여자랑 얘기 하나만 할 테니까 잠깐 나가 있어 보라고."

애들은 가게 밖으로 나갔다.

"쟤네 2명 좋아하고 있는 거 맞지?"

"정확해요…. 그런데 어떻게 아신 거예요..?"

"그건 못 말해. 나간 애들 데리고 와 봐. 애들이랑 타로 봐줄 테니까. 그리고 쟤네들한테는 네가 쟤네 좋아한다는 거 티 안 나게 타로 봐줄 테니까 걱정하지 말고."

난 가게 밖으로 나가서 애들을 데리고 왔다. 타로 술사가 나를 보더니 말했다.

"여기 앞에 앉아."

타로 술사가 카드를 섞더니 테이블에 펼쳤다.

"그 사람들 생각하고 여기서 5장 골라."

난 강석이랑 유성이를 생각하고, 진심으로 카드 5장을 뽑았다. 타로 술사가 카드를 뒤집더니 해석을 시작했다.

"한 하늘 아래 떠 있는 태양과 달. 어두운 밤과 밝은 낮. 그 경계선에 서 있는 한 여자와 두 남자."

뭐, 뭐야. 그림이 왜 이리 정확하게 나와..? 누가 봐도 나랑 강석이랑 유성이 같은데….

타로 술사가 잠시 고민하더니 말했다.

"1월 되기 전에 남친 생겨."

"네..? 아직 4월인데요…."

"걔가 먼저 고백하겠네. 근데 네가 생각하는 사람이 아닐 수도 있으니까 너무 큰 기대하지 말고."

"네…."

내가 생각하는 사람이 아닐 수도 있으면… 강석이나 유성이가 아니라 다른 애라는 거겠지..?

타로 술사가 강석이를 가리키며 말했다.

"다음 너 앉아 봐."

강석이가 자리에 앉고 타로 술사가 강석이의 얼굴을 빤히 보더니 말했다.

"너는 사람 하나 때문에 고민인 것 같은데 맞아?"

"……네. 맞아요."

"카드 6장 뽑아."

강석이는 잠깐 멈칫하더니, 카드들을 뽑았다.

카드 그림이 심상치 않아 보여….

"억울함, 후회. 그와 동시에 해방과 자유. 신기하게 나왔네. 그 사람이 너한테 이 감정들을 느끼게 할 거야. 시기는 이번 연도 안."

"너무 상반되는 감정인데요. 이게 한 번에 느껴질 수가 있어요?"

"당연하지. 원래 감정이란 게 그런 거야."

타로 술사가 유성이를 보며 말했다.

"마지막으로 너. 와 봐."

유성이가 의자에 앉았다. 타로 술사가 유성이의 얼굴을 보자마자 웃으며 말했다.

"와, 너 되게 재밌는 애네? 내가 타로 집 열고 나서, 이렇게 얼굴 또렷이 보이는 애는 또 처음 본다."

얼굴이 보인다고? 무슨 얼굴..?

"너희 둘은 나가 있어. 이 남자 타로 볼 테니까."

"예? 또 나가요? 그냥 같이 보면 안 돼요?"

"네가 누구 때문에 고민하는지 말하기 전에 나가라."

강석이는 누구보다 빨리 타로 집에서 나갔다. 나도 뒤이어 강석이를 따라 나갔다.

"고민하는 사람이 누구길래 그래?"

강석이가 조용히 하라는 듯한 손짓을 하고 말했다.

"비밀."

"아."

난 무의식중에 타로 집 안을 봤다. 근데 유성이가 고개를 푹 숙이고 있었다.

혼나는 건가..?

그때 타로 술사가 들어오라는 손짓을 했다. 우리는 다시 타로 집 안으로 들어갔다.

"원래 인당 7천 원인데… 그냥, 5천 원씩만 줘."

우리는 각자 계산을 하고 타로 집에서 나왔다. 어째서 밝아 보이는 얼굴은 보이지 않았다.

타로 술사님이 유성이 타로 볼 때 왜 나가라고 하신 거지..? 뭐… 내가 모르는 뭔가가 있겠지. 신경 쓰지 말자….

"6시 반이니까 슬슬 집 가자."

"응."

유성이한테 무슨 얼굴이 보였길래 나가라고 한 거지…, 얼굴은 어떻게 보이는 거지…, 그냥 사기인가….

그런 생각을 하면서 걷고 있는데 누군가가 내 귀에 속삭였다.

"하연아, 무슨 생각해?"

강석이었다.

"어? 아… 그냥 타로 해석한 거."

"아, 이번 연도에 남친 생긴다는 거?"

난 살짝 웃으며 고개를 끄덕였다.

"근데 안 추워? 옷 얇아 보이는데."

"어? 딱히 춥지는 않은데..?"

강석이가 내 말을 무시하고 자기 겉옷을 나한테 건네주며 말했다.

"해 지니까 춥다. 입어."

"아니, 나 괜찮…"

"내가 안 괜찮으니까 입으라고."

"어..? 응…."

난 강석이가 건네준 겉옷을 입었다. 강석이는 내 모습을 훑어보더니 말했다.

"크긴 하네."

"…아무래도 체격 차이가 있으니까."

"하긴. 넌 150, 난 180."

"하… 틀린 말이 아니어서 반박을 못 하겠네…."

강석이가 웃으며 말했다.

"30cm가 넘게 차이 나니까~"

"아, 진짜…."

"아, 맞다. 하연아."

유성이었다.

"응?"

"혹시 작년에 1반이었어?"

"어? 어떻게 알았어?"

"내가 복도 다니면서 봤던 애가 너 맞는지 궁금해서."

"근데 난 학교 다니면서 너 한 번도 못 본 것 같은데..?"

잠시 정적이 흘렀다.

뭐지? 나 뭐 잘못 말했나….

"그냥 내가 워낙 조용히 다녔어서 그래."

"아, 응…."

그 이후로 아무 말 없이 걸었다. 계속 걷고 있는데 누군가가 내 옷깃을 잡았다.

"하연아, 어디 가? 여기 너 집이잖아."

아무 생각 없이 걸어서 자연스럽게 지나쳐 버렸다. 난 머쓱해서 살짝 웃으며 말했다.

"아, 생각 없이 걷다가."

"들어가자."

"응? 너는 왜 들어가?"

"너희 형, 아니, 오빠랑 할 말 있어."

'알겠어'라고 말하려던 순간, 유성이가 말했다.

"나도 같이 가."

"너는 왜 가는데."

"나도 하연이네 오빠분한테 물어볼 거 있으니까. 하연아, 나도 같이 가도 되지?"

"어? 응. 와도 돼."

우리 셋은 내 집으로 들어갔다.

"어? 강하연. 강석이랑 데이… 누구세요?"

강우재가 유성이를 보더니 말을 하다 말고 다른 말을 했다. 오히려 다행인가….

"아, 하연이 친구입니다.

"그래? 근데 강석이도 같이 왔네? 온 김에 저녁이나 먹고 가. 볶음밥 괜찮지?"

"강우재, 애들 죽일 일 있어?"

"뭔 소리야."

"너 요리 못 하잖아."

"뭐래~~ 나 요즘에 요리 실력 물올랐거든? 좀 이따가 먹어 봐라!"

난 강우재가 당연히 거짓말을 하는 거라고 생각했다. 그런데… 강우재가 만든 볶음밥을 보고 조금, 아니, 많이 놀랐다. 무슨 중국집에서 나올 것 같은 맛있게 생긴 볶음밥이었다.

강우재가 비웃듯이 말했다.

"강하연. 너 솔직히 놀랐지? 내가 생각보다 잘 만들어서?"

"…겉만 그럴싸해 보이고, 맛은 별로겠지."

"먹어 보면 마음 바뀔걸~"

난 볶음밥을 한 입 먹어 봤다. 인정하기는 싫었지만… 맛있었다.

"……옛날에 볶음밥 하다가 프라이팬 태워 먹은 실력 어디 갔어?"

"아! 그게 언제 적인데!!"

강석이랑 유성이가 작게 웃었다.

"아, 근데 너 이름 뭐야?"

강우재가 유성이를 보며 말했다.

"박유성입니다."

"오, 이름이 유성이야?"

"네, 맞습니다."

"근데 그냥 형이라고 불러도 돼. 어차피 우리 1살 차이. 그리고 존댓말도 하지 말고."

"아, 네. 아니, 응. 혹시 형 이름 뭐야?"

"강우재."

유성이는 고개를 끄덕였다.

"이제 얘기 그만하고 앉아서 먹자."

하… 잘 모르는 사람 오니까 목소리랑 말투 바뀌는 거 봐라. 왜 저래, 진짜.

유성이가 내 앞에 앉으려고 했는데 강석이가 막아섰다.

"너 아까 우동 집에서도 하연이 앞에 앉았잖아."

"선착순이지."

얘네 또 이러네.

"하… 됐다. 그냥 내가 하연이 옆에 앉을게. 됐나?"

강우재가 웃으면서 말했다.

"너희 아까도 그랬다고?"

"강우재. 조용히 하고 밥이나 먹어."

강우재는 웃으면서 밥을 먹기 시작했다.

하… 강석이랑 유성이 가면 또 얼마나 놀릴지 예상이 돼서 짜증 난다.

"형. 왜 이렇게 요리 잘해?"

"그냥 할 거 없을 때, 하다 보니까~"

그 이후로 우리는 아무 말 없이 밥을 먹었다.

"근데 둘이 왜 왔어?"

"형한테 좀 물어볼 거 있어서."

"강석이는? 왜 왔어?"

"나도 물어볼 거 있어서."

"그래? 그러면 내 방으로 와 봐."

유성이가 강석이를 보며 말했다.

"조강석. 네가 먼저 들어가라."

"네가 웬일이냐."

강석이랑 오빠는 방으로 들어갔다. 거실에는 나랑 유성이만 남았다.

"하연아, 네 방 어디야?"

"내 방? 저기."

난 내 방을 손가락으로 가리키며 말했다.

"들어가도 돼?"

"응. 같이 들어가자."

나랑 유성이는 방으로 들어가서 침대에 앉았다.

"하연아, 오늘 내가 집 올 거 알고 있었어? 방이 왜 이렇게 깨끗해?"

"그런가? 그냥 보통인 것 같은데…."

유성이는 웃으며 말했다.

"너한테는 이게 보통인가 보네? 대단하다."

"칭찬 맞지..? 살짝 비꼬는 느…"

유성이가 내 머리를 쓰다듬으며 말했다.

"당연히 칭찬이지."

난 순간 움찔했다. 유성이는 그런 나를 보고 살짝 웃으며 말했다.

"왜 움찔해?"

"어? 아, 아니, 그냥 좀 놀라서…."

"겨우 이런 걸로 놀라?"

"…넌 아까 무서운 장면 나올 때마다 계속 움찔거렸으면서!!"

유성이의 귀가 살짝 붉어졌다.

효과가 있는 건가?

"네, 네가 잘못 본 거야."

난 웃으며 말했다.

"아닌데. 분명 귀신 나올 때마다 움찔거렸는데."

유성이는 아무 말 하지 않고 고개를 숙였다. 유성이의 귀가 아까보다 더 붉어져 있었다.

"그럼 유성아, 나 너한테 궁금한 거 있는데 이거 말해 주면 안 놀릴 테니까 말해 주면 안 돼..?"

유성이는 여전히 고개를 숙인 채로 말했다.

"뭔데 그래…."

"아까 노래 잘 불렀으면서, 강석이가 노래 점수 내기하자고 했을 때 왜 다른 게임 하자고 했어?"

그때 강석이가 내 방에 들어왔다.

"박유성. 형이 오래."

유성이는 침대에서 일어나며 나한테만 들릴 정도로 말했다.

"좀 이따가 전화로 알려 줄 테니까, 걸면 받아."

그렇게 말하고는 유성이는 내 방을 나갔다.

"하연아, 쟤랑 무슨 일 있었어?"

"응? 아니. 그냥 같이 얘기했어."

"그래?"

강석이가 내 방을 둘러보더니 말했다.

"방은 여전히 깨끗하게 쓰네."

"어렸을 때부터 습관이라서."

반 단톡방이 갑자기 쉴 틈 없이 울리기 시작했다.

"뭐지?"

나와 강석이는 반 단톡방을 봤다.

"이, 이게 무슨..!!"

반 단톡방에는 오늘 나랑 강석이, 유성이랑 데이트, 아니, 같이 논 사진들이 잔뜩 보내져 있었고, 그걸 보낸 사람은 강우진과 윤성우였다.

[정우] 야야 대박 사건ㅋㅋㅋ 박유성, 조강석, 강하연, 셋이서 오늘 데이트 함ㅋㅋㅋ

[우진] ㅋㅋㅋㅋ나도 봄ㅋㅋ 보자마자 사진 개많이 찍음ㅋㅋ 근데 진짜 강하연 박유성이랑 사귀는 거임, 조강석이랑 사귀는 거임?ㅋㅋ

[정우] 강하연이랑 조강석이랑 어렸을 때부터 친구니까, 둘이 사귀는 게 더 말이 되지 않음?

[우진] 윤정우 너 바보임? 둘이 어렸을 때부터 친구면 사랑의 감정이 싹틀 리가 있나ㅋㅋㅋㅋ 오히려 만난 지 얼마 안 된 박유성이랑 사귀는 게 더 앞뒤가 맞지ㅋㅋ

그때 강석이가 단톡방에 문자를 보냈다.

[강석] 헛소문 작작 퍼뜨려라

[우진] 이미 퍼졌는데?ㅋㅋ

하… 진짜 망했네.

유성이의 핸드폰도 계속 울리고 있었다. 남의 핸드폰을 몰래 보는 건 안 되지만 어쩔 수 없이(?) 유성이의 핸드폰을 슬쩍 보니, 대충 나, 강석이, 유성이랑 관련된 이상한 말이었다.

"하……"

"괜히 저딴 것들 신경 쓰지 마. 당사자들이 아니라고 하면 믿는 애들도 있겠지."

"그래야 할 텐데…."

그때 유성이가 들어왔다.

"뭐야, 분위기 왜 이래."

"아, 그게… 핸드폰 봐 봐…."

"뭔데 그래?"

유성이가 핸드폰을 보더니, 표정이 서서히 굳어졌다. 이내 깊은 한숨 소리가 들렸다.

"진짜 짜증 나네…. 3반 단톡도 지금 이 난리야?"

"응. 우리 반도 똑같아…."

방에 정적만이 흘렀다.

"하연아, 우리가 남의 집에 너무 오래 있었다. 우리 먼저 가 볼게. 월요일에 학교에서 봐."

유성이는 강석이의 등을 밀며 나갔다. 방문 밖에서 강석이의 목소리가 들렸다.

"야야. 손 안 떼냐?!"

"조용히 하고, 나가기나 해."

"이런 미…"

현관문이 닫히는 소리가 나더니 순식간에 조용해졌다. 그리고 오빠가 내 방문을 벌컥 열었다.

그러고는 '고민 상담해 줄게'라고 하며 내 침대에 앉았다.

"네가 웬일이냐?"

"오, 거절 안 하네?"

"나가."

"미안. 고민 말해 봐."

"…남자가 여자 좋아할 때 하는 행동."

오빠가 웃으며 말했다.

"아~ 강석이랑 유성이가 너한테 하는 행동이 어떤 의미인지 궁금해서?"

"그런 거 아니야."

…뭐가 이상한데..?

"유성이는 또 왜 붙은 건데!!"

"아, 네 눈빛 보니까 딱 알겠더라고~"

"그게 무슨 눈빛인데..?"

오빠가 나를 보며 놀리듯이 웃으며 말했다.

"내가 너랑 살다 보니까, 너 눈빛을 잘~~ 알아요~ 너 그냥 친구 볼 때랑 강석이랑 유성이 볼 때, 눈빛이 다르던데?"

난 아무 말도 할 수 없었다.

"그럼 너 두 사람을 동시에 좋아하고 있는 거야?"

"…어."

나도 모르게 솔직하게..!!

"이제 솔직히 말하는구나? 그래서 남자가 여자 좋아할 때 하는 행동? 음… 너 상처받지 마라?"

"…상처 안 받으니까, 말해."

"남자가 여자 좋아할 때는 머리를 쓰다듬어. 그리고 키 큰 남자들은 좋아하는 사람한테 무릎을 굽혀서 눈을 맞춰."

난 강석이랑 유성이가 했던 행동들과 너무 잘 맞아서 심장이 터질 것 같았다.

"아무튼 난 말해 줬다. 난 간다."

오빠는 방에서 나갔다. 난 한참 동안 멍하니 있었다. 그때 핸드폰 전화벨이 울렸다. 발신자가 유성…이었다. 난 살짝 놀라며 전화를 받았다.

"여보세요..?"

"어? 바로 받네?"

"왜 전화했어..?"

잠시 정적이 흐르다가 유성이가 말했다.

"벌써 잊어버린 거야? 아까 나 노래 잘 부르는데 왜 다른 게임 하자고 했는지 물어봤잖아."

헉, 까맣게 잊고 있었어….

"아… 그랬지. 그래서 진짜 이유가 뭐야?"

"그냥 노래 부르는 거를 안 좋아해서 그랬어."

"아, 그렇구나…."

우리 둘 사이에 잠시 정적이 흘렀다.

아, 타로 집에서 무슨 타로 봤냐고 물어볼까..?

"음…… 월요일에 봐. 잘 자고."

"그, 잠시만..!"

"응? 왜?"

난 잠시 고민하다가 말했다.

"타로 집에서 무슨 타로 봤는지 말해 줄 수 있어..?"

"어?"

유성이는 살짝 당황한 목소리였다.

"아, 그게 아니라 나랑 강석이는 대놓고 봤는데 너만 따로 뭐 봤는지 궁금해서."

유성이가 피식 웃으며 말했다.

"알겠으니까 말 그만 빨라져."

유성이는 잠시 고민하는 듯하다가 말했다.

"그건 나중에 알려 줄게. 월요일에 봐. 잘 자고."

"어? 응. 알겠어…. 끊어."

난 침대에 누웠다. 그리고 곧 잠에 들었다.

주말이 다 지나고 월요일 아침. 여느 때처럼 준비를 하고 집을 나섰다. 학교에 가는 길에 누군가가 내 뒤에서 어깨를 살포시 두들겼다. 유성이었다.

"안녕?"

"응, 안녕…."

"같이 가도 되지?"

"어? …응. 당연하지."

학교로 가는 길에 우리 사이엔 정적만 흘렀다. 난 정적이 너무 어색해서 먼저 유성이한테 말을 걸었다.

"아, 근데 유성아."

"응?"

"…토요일에 강우재랑 무슨 말 했어?"

"어? 그러니까……."

유성이는 당황한 듯이 보였다.
"음… 아, 그냥 중3 되면 공부 많이 어려운지 그런 거 물어봤어."
"아, 그래?"
'근데 좀 전엔 왜 당황한 거야?'라는 말을 꾹 삼켰다.
"나한테 할 말 있어?"
유성이가 무릎을 굽혀서 눈높이를 맞추며 말했다.

'남자들은 좋아하는 사람한테 무릎을 굽혀서 눈을 맞춰.'

"왜 그렇게 놀랐어?"
"어? 아냐. 안 놀랐어."
"눈 커지는 거 다 봤는데?"
난 바닥을 보며 눈을 피했다. 유성이가 살짝 웃는 소리가 났다. 그런데 옆에서 카메라 셔터 소리가 들렸다.
나랑 유성이는 동시에 소리가 난 곳을 봤다.
유, 윤정우..!!
"와, 증거 확보! 학교에 돌려야지!!"
윤정우는 뛰어서 학교 방향으로 갔다.
"야! 너!! 이상한 짓 하지 마!!"
유성이의 목소리는 그 어느 때보다 컸다.

까, 깜짝아….

유성이가 한숨을 쉬더니 말했다.

"쟤 누구야? 아는 애야?"

"같은 반 애….”

"진짜 한 대 치고 싶네."

"일단 지각하기 전에 얼른 가자…."

학교에 도착했다. 어째서인지 교문을 들어갈 때부터 사람들이 우리를 보고 수군거리는 것 같았다.

윤정우…….

복도를 걷는데 계속 시선이 느껴졌다. 너무 부담스럽고 싫었다. 교실에 들어가니 모든 시선이 나랑 유성이를 향했다. 그리고 시연이가 다가왔다.

"…강하연. 너 알면서 일부러 그런 거야?"

난 시연이가 한 말의 뜻이 뭔지 단번에 알 수 있었다. 시연이는 유성이를 좋아한다. 그래서 오늘 유성이랑 내가 같이 찍힌 사진을 보고 이런 말을 하는 걸 거다….

"시연아, 우리 나가서 얘기하자."

난 시연이의 손목을 잡고 복도로 나갔다.

"시연아, 네가 한 말 무슨 뜻인지 다 알 것 같거든? 그런…"

시연이가 내 말을 끊으며 말했다.

"그럼 왜 그런 건데. 내가 유성이 좋아하는 거 눈치챘으면서 왜 유성이 꼬셔서 그딴 상황 만든 건데!!"

"아니, 시연아. 그건 꼬신…"

"유성이가 너 좋아해서 그랬다는 거야? 난 유성이 좋아한 지 4년도 넘었는데 내가 아니라 왜 너인 건데 왜!!"

시연이는 화나 보였다.

"야. 너 뭐라 했냐."

유성이…었다.

어디서부터 들은 거지..?

"나 4년 좋아했다고?"

"……잘못 들은 거야."

"처음부터 정확히 들었어."

유성이가 시연이한테 다가가더니 귓속말을 했다. 내용이 들리지는 않았지만… 시연이의 눈시울이 붉어지고, 유성이가 뒤로 한 발짝 물러나자마자 어디론가 뛰어갔다.

"하… 이 정도 말했으면 알아들었겠지."

"뭐라고 말했는지 물어봐도 돼..?"

유성이는 살짝 웃으며 말했다.

"안 돼."

"…응."

"……나중에 얘기해 줄게. 난 이만 반 가야겠다. 수업 잘 들어. 졸지 말고."

유성이가 내 머리를 한번 쓰다듬고 돌아갔다.

'남자가 여자 좋아할 때는 머리를 쓰다듬어.'

난 한참 동안 복도에서 멍하니 서 있었다.

"하연아, 뭐해?"

강석…이었다.

"어? 아, 그냥 있었어."

얘는 아직 사진 못 본 건가..?

"하연아, 만약에 박유성이 계속 그딴 짓 하면 말해. 기분 나쁘면 다신 못 그러게 해 줄 테니까."

아, 봤구나….

"어, 어…. 알겠어."

"들어가자."

강석이랑 같이 반으로 들어갔다.

"어? 조강석도 왔다! 과연 남친의 시점으로 봤을 때 그 사진은??"

하, 윤정우….

"아무렇지도 않다. 그리고 안 사귄다니까."

윤정우가 놀리는 말투로 말했다.

"누가 봐도 거짓말인데 아무렇지 않은 척하기는~"

"그래, 안 사귄다는 것도 거짓말이면서~"

강우진 너까지!!

강석이는 한 번 한숨을 쉬고 말했다.

"뭐, 너희가 하는 헛소리는 무시하면 그만이지."

강우진과 윤정우가 웃으며 동시에 말했다.

"뭐? 헛소리? 헛소리가 아니라 사실이겠지~"

"너희들 나한테 손목 잡혀 볼래?"

그제야 강우진과 윤정우가 조용해졌다.

에? 얘 힘이 얼마나 세길래 얘들이 바로 조용해져..?

강석이가 내 귀에 대고 속삭였다.

"나 악력 55이야."

난 순간적으로 움찔했다.

"어?! 55라고?!"

"걱정하지 마. 너한테는 절대로 힘 안 쓸 거니까."

그때 조회 시간 종이 울렸고 선생님이 들어오셨다.

"뭐야. 여기 왜 이렇게 모여 있어? 다들 자리로 들어가라. 이미 종 쳤다~"

그제야 주변에 있던 애들이 자리로 돌아갔다. 나도 마찬가지로.

자리에 앉았는데… 강석이가 왜 내 옆자리인 거지..? 난 강석이만 들릴 정도로 작게 말했다.

"왜 여기 앉았어?"

"…눈이 좀 나빠져서."

"며칠 사이에?"

"응. 요즘에 눈이 빨리 나빠진대."

그런 말이 있었던가..?

"자, 얘들아. 이제 시험 기간인 거 알지? 중간고사 25일 남았다. 시험 범위 다 체크해 뒀지?"

어… 하나도 체크 안 했는데..?!

"하연아, 너 맨날 자느라 하나도 체크 안 해 뒀지?"

"뭐, 뭐야. 어떻게 안 거야..?"

"너랑 본 세월이 얼만데 그것도 모를까 봐?"

"잘 알고 있으면 시험 범위 좀 알려 줘…."

"잠시만."

강석이가 포스트잇에 무언가를 적더니 나한테 줬다. 국어, 영어, 수학 등 주요 과목 등의 페이지 쪽수가 적혀 있었다. 난 읽을수록 한숨밖에 안 나왔다. 강석이가 웃으며 말했다.

"한숨밖에 안 나와?"

"응…. 이번에는 점수 잘 나와야 할 텐데…."

"너 그래도 평균은 하지 않아? 작년 기말 32점 나오지 않았어?"

"정확히 기억하네…. 근데 네가 봤을 때는 그게 평균이야?"

"사람마다 평균 기준이 다르니까."

"아무리 그래도 30점대를 평균이라고 하지는 않지 않아?"

강석이가 망설이더니 말했다.

"……뭐, 수학은 잘 도와줄 수 있는데, 공부 같이할래?"

난 잠시 고민을 했다.

하긴. 저번에 문제 진짜 잘 풀긴 했지….

"진짜 도와줄 거야..?"

"내가 한 입으로 두말은 안 해. 바로 오늘부터 하자. 장소는~ 너희 집?"

…왜 자연스러운 거지..?

"뭐… 그래."

"오케이. 그럼 학교 끝나고 바로 너희 집 가자."

난 고개를 끄덕였다. 조회가 끝나고 선생님이 나가시자마자 또 애들이 나랑 강석이 자리로 몰려들기 시작했다.

"야야, 조강석 너 왜 강하연 옆자리로 옮김? 아, 사귀어서 옆에 앉은 건가?"

"눈 나빠져서 여기로 옮긴 거."

"며칠 사이에 눈이 나빠지냐?"

"밤에 폰을 많이 봐서."

"그럼 안경 맞추면 되는 거 아님?"

"맞출 시간이 없어서 앞자리로 옮긴 거지."

윤정우가 웃으며 말했다.

"자리 자유잖아? 근데 왜 굳, 이. 강하연 옆자리로 옮겼냐고."

"앞자리 앉아 있던 애들 중에서 하연이랑 제일 친하니까."

이 정도면 윤정우도 할 말 없겠지….

"근데 너 왜 강하연 성 빼고 부르냐?"

"어?"

강석이는 살짝 당황한 듯 보였다.

"어? 조강석 너 왜 당황했냐?! 진짜 강하연이랑 사귀는 거? 아! 아니면 짝사랑?"

강우진 애는 또 왜 이래!

"둘 다 아니야. 그냥 친구."

"그럼 아까 강하연 이름 말할 때 왜 성 빼고 말했을까요~"

"친구끼리 성 빼고 이름 부르는 것도 못 하냐."

"그럼 둘이 사귀는 걸로 안다?"

"마음대로 생각해. 어차피 진짜로 사귀지도 않는데 무슨."

"강하연! 너는 어떰? 조강석이랑 사귀는 거임, 아니면 짝사랑임?"

"……당연히 그냥 친구지."

"아~~ 박유성이랑 사귀는구나~"

강석이가 한숨을 쉬더니, 자리에서 일어나서 윤정우의 손목을 잡았다.

"아아! 아파!! 이거 안 놔?!"

"아직 힘 20%도 안 썼는데."

강석이가 윤정우의 손목을 더 세게 잡았다.

"아아!!"

"나랑 하연이랑, 나랑 박유성이랑 헛소문 나는 건 괜찮은데 하연이랑 박유성은 안 괜찮거든? 그니까 엮지 마라. 한 번만 더 엮으면 이 손목 부러뜨릴 수도 있으니까. 이 정도 말했으면 알아들었지."

강석이는 윤정우의 손목을 뿌리쳤다.

강석이의 이런 모습은 처음 봤다. 아무리 화나도 힘을 쓰는 애는 아니었는데….

반 분위기가 싸늘해지고 하나둘씩 자리로 돌아갔다. 이렇게 조용한 쉬는 시간은 처음이었던 것 같았다. 곧 예비 종이 울리고, 뒤이어 본 수업 종도 울렸다.

오래간만에 수업에 집중…하기는커녕 옆에 강석이가 앉아 있어서 그런지 평소보다 집중이 더 안 됐다. 집중이라고는 강석이의 필기하는 모습에만 됐다.

"야야, 강하연. 너 집중 안 하냐? 필기 안 해? 강석이한테만 집중하지 말고, 쌤한테도 좀 집중해라."

반 애들이 오오 거렸다.

이따가 쉬는 시간에 애들이 얼마나 놀릴지 예상이 된다….

"죄송합니다…."

"그래. 이제 너 중2다. 지금부터 내신 열심히 챙겨야 된다고. 마저 수업한다."

난 얼굴이 뜨거워졌다.

유난히도 긴 것 같은 수업 시간이 끝났다. 역시 예상과 하나도 빗나가지 않고 애들이 내 자리로 몰려들었다.

"하연아! 아까 수업 시간에 강석이한테만 집중했다는 게 진짜야?"

"아냐. 쌤이 그냥 집중하라고 이상한 말 붙인 거야..!"

그때, 윤정우와 강우진이 동시에 말했다.

"아닌데~ 강하연 너 수업 시간에 조강석 보는 거 다 봤는데~"

…윤정우, 강우진..!!

"하연아, 잠깐 복도 나가서 얘기 좀 하자."

강석이가 내 손목을 잡고 복도로 나갔다.

어? 이거 망한 것 같은….

강석이가 무릎을 굽혀서 나랑 눈을 맞추더니 물었다.

"아까 수업 시간에 쌤 말고 나한테 집중했어?"

난 심장이 너무 빨리 뛰어서 대답할 수가 없었다.

"하연아..?"

난 정신을 차리고 한 발짝 뒤로 물러나며 말했다.

"아까 수업 시간에 쌤이 그냥 집중하라고 이상한 말 붙이신 거야."

"그럼 강우진이랑 윤정우가 한 말은 뭐야?"

"그건 걔네가 이때다 싶어서 거짓말한 거야."

"그래? 알겠어. 들어가자."

난 강석이랑 같이 교실로 들어갔다. 역시나 애들이 우리 둘한테 몰렸다.

"너희들 둘만 나가서 무슨 얘기 했냐?"

"네가 알 거 없어."

"말 돌리는 실력 봐라~"

강석이는 아무 말 하지 않고 자리에 앉았다. 우리 반 애들은 계속 내 주위에서 유성이인지 강석이인지 물어봤다. 난 언제나 그랬듯이 둘 다 아니라고 했다.

반복되는 쉬는 시간과 집중이라고는 강석이한테만 되었던 수업이 다 끝나고 강석이랑 집에 가는 길.

"하연아." 유성이 목소리였다.

난 뒤를 돌아봤다.

"집 가는 길이야?"

"응. 오늘 같이 공부하기로 해서."

"…조강석이랑?"

"어. 나랑 같이 공부하기로 했다. 왜."

유성이가 잠시 조용해지더니 말했다.

"하연아. 나도 같이 공부해도 돼?"

"…응. 괜찮아."

"가자."

어쩌다 보니 유성이까지 같이 공부를 하게 됐다. 이런 상황에서 공부가 될까..?

집에 도착하고, 난 창고에서 테이블을 꺼내서 내 방에 펼쳤다. 솔직히 내가 펼쳤다고 하면 안 됐다. 난 창고에만 갔는데 강석이랑 유성이가 가지고 와서 편 거니까….

"박유성. 너 작년 기말 몇 점 나왔어."

"네가 뭔 상관인데."

"점수 더 높게 나온 사람이 하연이 가르쳐 줘야지."

"자신 있나 보다?"

"당연하지."

뭐, 뭐지? 분명 같이 공부하기로 했는데 왜 자연스럽게 내가 가르침 받는 구조로 변한 거지..?

"박유성 너부터 말해. 평균 몇 점이었어."

"83."

"나도 83인데?"

8, 83점?! 둘 다 완전 공부 잘하잖아?! 그에 비하면 나는….

난 내 마지막 기말고사 점수가 떠올랐다.

"너 수학 잘하냐."

"어."

"……가장 못한 과목 몇 점 나왔어."

"그거까지 기억 안 나. 그냥 가위바위보로 앉아."

"콜."

둘은 가위바위보를 했다. 강석이가 이겼다.

"오케이. 네가 건너편에 앉아."

유성이는 한숨을 쉬고 내 맞은편에 앉았다. 유성이는 가방을 뒤적거리더니 안경을 꺼내 썼다. 안경을 쓴 유성이의 모습은… 평소랑은 정반대 느낌이었다. 평소에는 차가워 보이는 느낌이었다면 지금은… 공부 잘할 것 같고 모르는 거 물어보면 바로 대답해 줄 것 같은 친근한 느낌이라고 해야 하나…. 아무튼 그런 느낌이었다.

그런 생각을 하고 있다가 눈이 마주쳤다.

"왜 그렇게 빤히 봐?"

"어? 아… 그냥 안경 쓴 모습은 처음 봐서."

"이상해?"

"아, 아니?! 잘 어울려…."

"그래? 어떤 느…"

강석이가 유성이의 말을 끊으며 말했다.

"하연아, 수학부터 할까?"

"처음부터..?"

"…과학부터 하자."

"그래, 고마워…."

강석이가 과학 문제들이 적힌 학습지를 주며 말했다.

"한번 이 문제들 풀어 봐."

"어? 어…."

난 강석이가 준 문제들을 풀었다. 이런 건 왜 가지고 다니는 건지 알 수는 없었지만 나한테 해가 될 건 없었기에 그냥 아무 말 하지 않고 풀었다.

"다 풀었어?"

"어? 응."

"채점해 줄게. 줘 봐."

난 풀었던 문제들을 강석이한테 줬다. 강석이가 채점을 해 줬다. 강석이가 집중해서 채점하는 모습에 나도 모르게 넋을 놓고 봤다.

"오, 생각보다 잘했는데?"

"진짜?"

"응. 20문제 중에 12개밖에 안 틀렸어."

"……생각보다 잘한 거 맞아? 너 나를 어떻게 생각하는 거야..?"

강석이가 웃으며 말했다.

"아, 나는 너 15개 이상 틀릴 줄 알았거든."

"나를 어떻게 보는 거야..!"

난 강석이를 때리며 말했다.

하나도 아파 보이지는 않았지만….

"장난, 장난!"

"하, 진짜…."

"이제 틀린 문제 설명해 줄게."

난 강석이가 해 주는 설명을 귀 기울여 들었다. 어째서인지 학교 선생님들보다 설명을 잘해 주는 것 같았다….

"이해됐어?"

"응. 웬만한 선생님들보다 설명 더 잘하는 것 같아."

"그래? 그러면 정리 문제 다시 풀어."

강석이가 나한테 프린트를 건네며 말했다.

"도대체 이런 건 왜 들고 다니는 거야?"

"비밀. 일단 얼른 풀어."

"…응."

뭐만 하면 맨날 비밀이래….

난 강석이가 준 문제들을 풀었다.

"다 풀었어."

"채점해 줄게."

강석이가 하나하나 채점을 했다.

"오… 1개 틀렸어. 한번 복습한 거치고 이 정도면 완전 잘한 거야. 습득력 빠른데? 이제 2단원 나가자."

"조강석. 자리 바꿔. 너 1단원 가르쳐 줬으니까 내가 2단원 가르쳐 줄게."

"그냥 내가 할게. 너는 그냥 혼자 공부나 해."

"조강석 보기보다 더 치사하네."

"하, 그래. 바꾸자, 바꿔."

강석이와 유성이가 자리를 바꿨다.

"하연아, 2단원 알려 줄게."

유성이가 내 옆에 조금 더 붙더니 교과서를 보며 하나하나씩 설명하며 이해시켜 줬다. 강석이는 여러 학생을 가르치는 학교쌤이라면 유성이는 1대1 과외쌤 느낌이었다. 그런데 너무 가까이 붙어 앉아서 오히려 집중이 더 안 되는 것 같았다. 심장이 너무 빨리 뛰어서….

"하연아, 듣고 있어?"

유성이가 고개를 돌려 나를 보더니 말했다.

"어? 어…. 듣고 있어."

"그러면 좀 전에 내가 말했던 예시 말해 볼래?"

"그게……."

"…안 들었네. 다시 예시 들어서 설명해 줄게."

유성이는 다시 설명을 해줬다. 이번에도 대답 못 하면 유성이가 놀릴 것 같아서 열심히 들었다.

"한번 이제 내가 알려 줬던 내용 입으로 말해 봐."

유성이가 내 교과서를 덮었다. 난 최대한 기억을 모아서 내용을 말했지만, 말을 하면 할수록 내가 뭘 말하는지 모르겠다.

"하연아, 그 정도면 된 것 같아. 어느 정도 이해는 다 한 것 같으니까, 내가 물어보는 질문에 답해 봐."

"응…."

난 혹시 내가 모르는 문제가 나올까 봐 살짝 긴장했다.

"남친 있어?"

이건 무슨….

"박유성. 시험공부 할 때는 시험공부만 해."

"하연이 너무 긴장한 것 같길래 해 본 거잖아. 조강석, 눈치 진짜 없네."

강석이는 다시 교과서를 보고, 유성이는 다시 나를 보며 말했다.

"진짜 문제 내줄게."

난 유성이가 내준 문제에 대한 답을 했다. 내가 대답을 하는 내내 유성이는 메모장에 무언가를 썼다.

"말한 정답 들으면서 맞은 거랑 틀린 거 체크해 봤는데 되게 잘했어."

"진짜? 몇 개 맞았어?"

"내가 30개 물어봤는데 5개밖에 안 틀렸어."

"오! 진짜?"

"응. 틀린 이유 설명해 줄게."

유성이는 꼼꼼히 설명해 줬다. 거짓말처럼 내 머릿속에 내용이 정리됐다.

"하연아, 이제 수학할까?"

"어..?"

유성이가 잠시 조용해졌다가 말했다.

"하연이 너 수학 못 해?"

"어? 응….."

"천천히 하자."

유성이가 수학 책을 가방에서 꺼내려던 그때, 강석이가 말했다.

"야. 수학은 내가 더 잘해."

"나도 잘하거든?"

"박유성, 너 몇 점 나왔는데."

"100."

"나도 100 나왔었거든?"

둘 다 100점 나왔다고?! 심지어 수학이?!

"…가위바위보로 해. 안 내면 진다. 가위바위보."

강석이가 이겼다.

"야. 자리 바꿔."

유성이는 한숨을 길게 쉬고, 자리를 바꿨다.

"아, 하연아. 혹시 빈 A4용지 한 장만 줄 수 있어?"

"알겠어."

난 창고로 가서 A4용지 3장을 꺼내서 방으로 들어갔다. 애들한테 각각 1장씩 나눠 주고 바닥에 앉았다.

"하연아, 중1 2학기 때부터 수포자 된 거 맞아?"

"응…."

강석이가 잠시 조용해졌다가 말했다.

"수학은 내일 1학년 1학기 것부터 다시 하고, 오늘은 다른 거부터 하자."

"…내 실력이 그 정도로 심각한 거야..?"

"아, 그… 수학은 다 연결돼 있어서 기초 잡는 게 중요하거든. 그래서 수학은 못하면 날 제대로 잡고 쭉 해야 해서."

"응….''

근데 너무 나만 도움받는 것 같은데….

"너희는 못하는 과목 있어?"

"나?"라고 강석이랑 유성이가 동시에 말했다.

"난 국어 못해. 작년에도 국어 때문에 점수 다 깎아 먹었어."

"나도 국어 못해. 국어 때문에 평균 맨날 떨어져."

"어? 잘됐네! 난 국어만 맨날 100점 나오고, 다른 거 때문에 중간, 기말 평균, 항상 낮게 나오거든!"

"……하연아, 그런 걸로는 자랑 안 해도 돼."

"큼…. 아무튼 오늘 강의 제대로 해 줄게! 일단 너희 둘이서 옆에 앉아 봐."

웬일인지 둘은 순순히 서로의 옆에 나란히 앉았다. 나는 그 둘의 반대편 자리에 앉아서 설명해 주기 시작했다. 남을 가르쳐 주는 건 처음이라 살짝 떨렸다. 그래도 애초에 습득력이 좋은 애들이어서 그런지 금방 이해하고 물어보면 대답도 곧잘 했다.

"너희 국어 못하는 거 맞아? 실력 완전 빨리 느는데?"

"잘 가르쳐 주는 선생님이 있어서 그렇지, 뭐…."

"와, 조강석 너 웬일로 나랑 생각 통했냐?"

"아, 기분 나빠짐."

"아."

"너희 둘 다 그만해…."

방이 조용해졌다.

"…하연아, 나 궁금한 거 물어봐도 돼?"

"응, 뭔데?"

"너희 부모님은 어디 계셔?"

강석이가 유성이의 등을 때리며 말했다.

"야. 그런 거 물어보는 거 실례야."

"아냐, 강석아. 난 괜찮아. 우리 엄마, 아빠는 나랑 오빠 어렸을 때부터 출장 자주 다녀서 얼굴을 잘 못 봤어. 그런데 시간 지나니까, 아무렇지도 않더라…. 오히려 집에 사람이 없어서 더 편하달까..?"

"아, 미안해, 하연아. 내가 너무 사적인 걸 물어봤네."

"아냐. 나 아무렇지도 않아."

그때 누가 방문을 열었다.

"어? 강석이랑 유성이도 있네? 시험공부 중?"

"어. 그러니까 나가."

"이게 오빠한테 못 하는 말이 없네."

"아! 그래 봤자 1살 차이잖아!!"

"어허! 그래도 내가 너 선배다, 인마. 그리고 어디 하늘 같은 오라버니께 반말을 찍찍 내뱉느냐?"

"아, 말투 진짜 짜증 나…."

강우재가 내 말을 무시하고, 강석이랑 유성이를 보며 말했다.

"너희 시험공부 몇 시부터 했어?"

"4시 조금 덜 돼서부터."

"아, 그래? 근데 지금 벌써 7시인데?"

벌써 시간이 그렇게 지났다고..?

"박유성매직. 우리는 가자."

"안 그래도 가려 했거든? 그리고 내 이름 뒤에 '매직' 붙이지 마. 기분 나빠. 하연아, 가 볼게. 내일도 같이 공부하자. 안녕."

애들은 집 밖으로 나갔다.

"강하연. 그래서 정했냐?"

"뭘…."

"강석이랑 유성이 중에."

"아니, 정하긴 뭘 정해. 강석이랑 유성이가 뭘건이야?"

"당연히 정해야지. 그러다가 둘이 동시에 고백하면 어떡하게."

"그런 일이 현실에서 일어날 리가 있어?"

"…일어날 수도 있지, 왜."

오빠는 이내, 내 방문을 닫고, 나갔다.

'일어날 수도 있지.' …그게 무슨 말이야? 장난으로 하는 말투가 아니었는데..?

"하, 모르겠다…."

난 그렇게 중얼거리고, 침대에 누웠다. 갑자기 오빠가 말했던 '남자가 여자 좋아할 때, 하는 행동'이 떠올랐다. 머리를 쓰다듬는 것과 무릎을 굽혀서 눈을 맞추는 것. 난 살짝 허탈하게 웃으며 중얼거렸다.

"……내가 뭘 믿고, 걔 말을 믿은 거냐. 바보같이."

난 잠시 눈을 감았다. 그리고 눈을 떴더니, 아침이었다.

"뭐, 뭐야. 몇 시야."

시간을 보니, 6시 20분이었다. 더 잘까 하다가 잠도 안 와서 그냥 학교에 일찍 가기로 했다. 준비를 하고 학교로 향했다. 오랜만에 혼자 학교를 가니 기분이 살짝 묘했다. 학교에 도착하고, 시간을 보니, 아직 7시 10분밖에 안돼 있었다. 난 딱히 할 것도 없어서 수학책을 펼쳤다. 펼치자마자….

"하연아, 자?"

유성이…목소리였다.

뭐야…. 언제 잠든 거지..?

난 천천히 눈을 떴다. 유성이의 얼굴이 바로 내 눈앞에 보였다.

유성이는 놀라며 한 발짝 뒤로 물러났다.

"뭐 하려 했던 거야..?"

"어? 아! 그…… 아무것도 아니야!! 진짜로."

유성이의 모습은 여태까지 본 모습 중에 가장 당황한 거 같아 보였다. 말 더듬는 것도 그렇고, 불안해 보이는 눈동자도 그렇고.

"아무것도 아닌 거 맞아..?"

"어..! 진짜 아무것도 아니야. 그… 미안. 나 때문에 깬 거야?"

"어? 아냐, 괜찮아. 수업 준비도 해야 하고…."

"지금 7시 30분밖에 안 됐는데? 아, 맞다."

무슨 일이지..?

"응?"

"오늘 왜 이렇게 학교 일찍 왔어?"

"아, 어제 어쩌다 보니 일찍 잠들었거든. 그래서 눈이 일찍 떠져서 그냥 일찍 왔어."

"그래? 그럼 다음부터 일어나면 전화해."

"어?! 아니, 어…. 알겠어. 일어나면 전화할게."

유성이는 내 머리를 쓰다듬으며 말했다.

"그래. 앞으로는 그렇게 해. 그리고 잠 오면 더 자."

"아, 나 괜찮아."

"잠 오면 자."

"…응."

난 유성이의 말에 책상에 엎드렸다.

시간이 얼마나 지난지는 알 수 없었지만, 난 소란스러운 소리에 잠에서 깼다. 유성이랑 나, 둘이서만 있던 조용한 교실은 어디 가고, 웅성거리는 교실로 변해 있었다.

아까로 돌아가고 싶다….

시간을 보니, 8시 25분이었다.

1시간이나 잤다고..?

책상에서 고개를 들자마자, 소라가 와서 물었다.

"하연아! 아까 박유성이랑 뭐야??"

"응? 뭐가..?"

"아까 너 잘 때!"

"응? 뭐가? 유성이가 나한테 뭐, 했어?!"

"자자, 진정하고! 차근차근 알려 줄게. 내가 오늘 진짜 간만에 학교를 일찍 왔단 말이지? 그런데 박유성이 너 옆자리에 앉아서 너 자는 거 가만히 보고 있었거든? 나 들어왔는데도 눈치 못 챘는지 계속 너 보고 있더라고~ 그래서 내가 박유성 뒤에 가서 놀래켰는데, 평소에는 반응 하나도 없던 애가 깜짝 놀라더니 '방금 본 일은 잊어라..!' 라면서 우리 반에서 급하게 나가더라고~"

유성이가..? 근데 애초에 평소에는 반응 하나도 없었다는 걸 알면 옛날부터 소라랑 유성이가 아는 사이였다는 건가….

"근데 소라야. 평소에는 반응 하나도 없었다는 건 너랑 유성이가 어렸을 때부터 아는 사이였다는 말이야..?"

"응? 내가 말 안 했었어? 나 박유성이랑 같은 유치원 나왔는데? 그리고~ 초등학교는 갈라지고, 중학교 때, 같은 중학교 배정받았지!"

"아, 그렇구나."

"하연아! 내가 박유성이랑 잘되게 도와줄까?"

"아, 아니 무슨 소리야..! 나 좋아하는 사람 없다니까..?!"

소라가 웃으며 말했다.

"음~ 근데 내 생각에는 넌 지금 강석이나 유성이 좋아하고 있는 것 같은데?"

"아니거든…."

"그래그래, 잘 들었어~ 난 종 치기 전에 내 자리로 가 볼게!"

소라는 내 자리에서 떠났다. 곧 조회 종이 울렸다. 교실에 여기저기

흩어져 있던 애들이 각자 자기 자리로 돌아갔다. 그리고 곧 선생님도 들어오셨다.

"자자, 애들아! 오늘도 힘내서 공부하자! 오늘은 딱히 전달 사항은 없으니까, 남은 시간 동안 자습하거나 책 읽어라."

난 딱히 할 게 없어서 아무 생각 없이 노트에 그림을 그리고 있었다.

"우와, 하연아. 너 원래 이렇게 그림 잘 그렸어?"

난 순간 놀랐다. 갑자기 강석이가 말을 걸어서….

"아니, 뭐 그렇게 놀라. 나도 놀랐잖아."

"아, 미안…."

"아니, 미안할 것까지는 없고. 근데 그림 되게 잘 그린다."

"그런가…."

"응. 너 그림 그리는 거 유치원 다닐 때 이후로 처음 봐. 되게 잘 그리는데? 내 모습 한 장만 그려 주면 안 돼?"

"어, 어? 알겠어, 그려 줄게. 그냥 너 자연스럽게 책 보고 있으면 옆모습 그려줄게."

"네~ 잘 부탁드립니다, 작가님."

난 웃으며 말했다.

"아, 진짜."

강석이도 웃으며 말했다.

"아무튼 잘 그려 주세요~"

"알겠어. 잘 그려 줄게."

강석이는 이내 시선을 자신의 책상에 있던 책으로 향했다. 난 강석이를 보며 자세히, 열심히 그렸다.

 난 강석이의 모습을 그리는 내내 심장이 너무 두근댔다. 그리고 마침내 다 그렸다.

 "강석아, 다 그렸어."

 "봐도 돼?"

 "응. 선물이야."

강석이는 그림을 보고 놀란 눈치였다.

 "와… 하연아, 나 이거 진짜 평생 간직해도 되는 거 맞아?"

 "응. 당연하지."

 "다시 봐도 진짜 잘 그렸다."

강석이가 계속 감탄을 했다. 솔직히 말하면 나도 좋았다. 그림을 그리는 동안, 학교에서 강석이 얼굴을 합법적으로 볼 수 있는 것 같아서. 그리고… 강석이가 좋아하는 모습을 보니 나까지 기분이 좋아져서 그림 그릴 맛이 났다.

 "마음에 들어?"

 "응, 완전. 누가 나 이렇게 그려주는 그림 처음 받아 봐."

되게 좋아하네….

 "…근데 그게 그렇게 좋아할 일이야?"

 "너는 누가 너 그려 주면 안 좋아?"

 "좋지..?"

 "그거랑 똑같은 거야. 심지어 이렇게 잘 그려 줬는데 안 좋아하면 그게 이상한 거지."

그런가….

조회 시간을 마치는 종이 울렸다. 곧 본 수업 종도 울리고 순식간에 1교시가 끝났다.

"오늘도 학교 끝나고 집 가서 공부할 거지?"

"하기 싫어도 해야지…."

강석이가 웃으며 말했다.

"목소리 갑자기 어두워진 거 왜 이렇게 귀엽냐."

"아, 응…."

강석이는 살짝 웃으며 다시 교과서로 시선을 돌렸다.

"근데 너는 쉬는 시간에도 공부하네..?"

"아…… 응. 이번 중간고사는 좀 중요해서."

"그렇구나. 근데 학교 끝나고 매일 우리 집에서 공부하는데도 더 필요한 거야?"

"뭐… 어차피 쉬는 시간에 할 것도 없고 해서."

"알겠어. 열심히 해."

강석이는 집중해서 교과서를 내렸다. 아까 그림을 그리는 동안에도 느꼈지만, 강석이는 어렸을 때에 비해 얼굴이 많이 어른스러워진 느낌이었다.

"하연아, 왜 그렇게 빤히 봐?"

"어? 아냐. 아무것도..!"

난 얼굴이 뜨거워진 걸 느꼈다. 강석이는 살짝 이상하다는 듯이 생각한 것 같았지만 이내, 다시 교과서를 봤다. 수업 시작 종이 울렸다.

2교시, 3교시… 6교시까지 모든 수업이 끝났다. 오늘은 오래간만에 수업에 집중할 수 있었다. 나, 강석이, 유성이는 어제와 다를 바 없이 우리 집으로 향했다.

"하연아, 너희 집 올 때마다 느끼는 건데 너는 방을 안 쓰는 거야? 사람 사는 방 맞아? 왜 이렇게 깨끗해?"

"음… 깨끗하게 써서..?"

"대단하네. 방 검사할 사람도 없는데 이렇게 깨끗하게 유지하는 거 보면."

"그런가? 일단 얼른 공부하자."

난 창고에서 테이블을 가져왔는데 오늘도 역시 내가 가져온 거라고 말할 수 없었다. 강석이랑 유성이가 가져왔으니까….

"하연아, 어제 못했던 수학, 오늘 딱 중1 기초부터 차근차근 설명해 줄게."

"…진짜 중1 거부터 해야 해?"

"당연하지. 수학은 안되면 초3 거부터 다시 하는 사람도 있다고! 그래도 넌 초6 때까지는 괜찮았으니까 중1 거부터 하는 거야."

난 강석이가 하는 말에 반박할 수가 없었다. 강석이가 내주는 문제들을 풀고, 채점하는 동안 유성이는 묵묵히 교과서만 보며 공부하고 있었다.

"열심히 했으니까 조금만 쉬었다가 할까?"

"응."

난 침대로 가서 누웠다. 유성이가 웃으며 말했다.

"하연아, 너 우리 있는 거 까먹은 거 아니지?"

"박유성매직, '우리'라고 묶지 마."

"아니 맞잖아. 대명사 '우리'. 그리고 내가 내 이름 뒤에 '매직' 붙이지 말라고 했을 텐데."

"둘 다 그만 좀 해…."

둘은 조용해졌다.

"하연아, 너 졸린 것 같은데, 졸리면 잠깐 자. 30분 있다가 깨워 줄게. 많이 피곤해 보인다."

"박유성매직. 그런 말 하지 마. 하연이 한번 잠들면 진짜 못 일어나."

"……그걸 네가 어떻게 아는데."

"10년 친구니까."

"너는 무슨 틈만 나면 하연이랑 10년 친구라고 하냐."

"근데 사실인 걸 어떡하라고."

얘네 진짜 왜 이래….

"하연아. 이제 일어나."

"으음…."

뭐야. 누구….

난 벌떡 일어났다. 일어나자마자 유성이가 웃으면서 말했다.

"조강석 말이 진짜더라."

"어..?"

"7시 반부터 깨웠는데 안 일어나던데?"

"아…."

난 순간 부끄러웠다.

"근데 지금 몇 시야?"

"지금?"

강석이는 핸드폰을 보더니 말했다.

"10시."

"10시라고?! 나 7시에 잠든 거 아니야..?"

"응. 맞아. 7시 반부터 5번 넘게 깨웠는데 안 일어나던데."

"…근데 너희, 집 안 가?"

"아, 가야지. 조강석. 가자."

"안 그래도 짐 챙기고 있었잖아."

유성이도 가방을 챙기고, 강석이의 등을 밀며 방을 나갔다. 언제나 그랬듯이, 현관문이 닫히는 소리가 난 후, 고요한 적막이 찾아왔다.

난 방을 치우고 잠옷을 입었다. 그리고 침대에 누워서 친구들의 카톡 프로필 사진을 보고 있었는데, 강석이의 프로필 사진이 업데이트 됐다는 표시가 있었다. 보니까 오늘 아침에 내가 그려 준 그림으로 설정을 해 놨다. 그리고 상태 메시지에는 '그림 잘 그리는 친구가 그려 준 프사.'라고 적혀 있었다.

"아, 조강석 진짜…. 이렇게 하는데 어떻게 안 좋아할 수가 있겠냐고…."

난 잠깐 정신이 멍해졌다.

"아! 뭐라는 거야, 강하연!! 나 요즘에 진짜 미친 것 같다….."

난 눈을 감고 있다가 전화벨이 울리는 소리에 눈을 떴다. 발신자는 강석이었다.

왜 전화한 거지..?

"여보세요?"

"하연아, 혹시 내일 집에서 몇 시쯤에 나갈 거야?"

"8시쯤..?"

"그래? 알겠어. 내일 봐."

강석이는 그렇게 전화를 끊었다. 난 왜 물어본 건지 살짝 의문이 들었지만 별거 아닐 거라고 생각했다. 잠시 핸드폰을 보고 있었는데 유성이한테도 전화가 왔다.

"여보세요?"

"잠깐 전화 가능해?"

"어? …응. 가능해."

"평일에 몇 시에 일어나?"

이런 건 왜 물어보는 거지..?

"나 7시쯤?"

"알겠어. 내일 봐. 그…."

유성이는 잠시 뜸을 들였다.

"왜?"

"아니야. 잘자."

그렇게 전화가 끊겼다.

뭐지? 말하려다가 끊겨서 찝찝해….
그렇다고 다시 전화해서 물어보기는 좀 그래서, 그냥 난 핸드폰을 조금 더 보다가 잠들었다.

띠리링— 띠리링— 띠리링—

아침부터 무슨 소리지..?
"여보세요…."
핸드폰 너머로 웃는 소리가 나더니 강석이가 말했다.
"목소리 잠긴 거 보니까 지금 일어났나 보네."
난 목을 가다듬었다.
"어, 아니야. 목소리 잠겨도 괜찮으니까 억지로 풀지 마."
"……응."
"몇 시에 잤어?"
"12시 조금 넘어서…."
"안 피곤해?"
"어쩔 수 없지…."
"그래, 알겠어. 좀 이따가 봐."
강석이랑 내 전화는 끊겼다.
…나 못 일어날까 봐 전화한 건가? 아, 맞다. 유성이가 앞으로 일어

나면 전화하라고 했는데…. 해야 하나? 근데 유성이 자고 있으면 전화하는 것도 좀 그런데…. 아, 몰라..! 유성이가 하라고 했으니까….

난 유성이 번호로 전화를 걸었다.

"여보세요…."

어..? 목소리 잠겨 있다….

"아, 지금 일어난 거야?"

"누구냐고…."

잠이 덜 깼나.

"아니, 네가 일어나면 전화하라며…."

잠시 정적이 흘렀다.

"아, 응."

"어? 뭐야, 목소리 돌아왔네."

"안 잠겼었어."

이미 다 들었는데….

"유성아, 나 통화 자동 녹음인…"

"하연아, 전화 끊고 나서 바로 지워."

난 웃으며 말했다.

"알겠어."

"……진짜 지워. 알겠지? 그럼 좀 이따 봐."

전화가 끊어졌고, 난 녹음본을 저장했다.

나중에 이걸로 놀려야지….

난 나갈 준비를 하고 집을 나섰다. 그런데… 집 앞에 강석이랑 유성이가 있었다.

　…이건 또 무슨 상황이야..?

　"너희 둘 뭐해..?"

　"어? 하연아, 왔어? 학교 가자."

강석이가 나한테 어깨동무를 하더니 유성이를 지나쳐 갔다. 뒤에서는… '조강석 진짜'라는 소리가 들리더니 유성이가 내 옆에 섰다.

　"하연아, 오늘도 공부할 거지?"

　"…해야지. 하기 싫어도."

　"그 말 진짜 진심이 느껴진다."

　"……학교나 가자."

나랑 강석이, 유성이는 학교로 향했다.

　…오늘도 역시 소문으로 웅성거리네. 오늘은 셋이 같이 있어서 그런지 더 웅성거리는 것 같기도….

　"야, 저기 강하연, 조강석, 박유성 봐 봐."

　"어? 연인 사이에 끼어 있는 방해꾼이라~"

　"근데 저렇게 맨날 셋이 학교 끝나고 어디 가던데 사귀는 거 아니고 그냥 친구 아님?"

　"그럼 조강석이랑 박유성이 동시에 강하연 좋아하고 있는 거 아님? 과연 강하연이 누구랑 사귈지 기대가 된다."

강석이가 수군거리는 애들한테 다가가더니 귓속말을 했다. 내용이 들리지는 않았지만 애들이 사색이 된 얼굴로 도망갔다.

　"가, 강석아, 뭐라고 한 거야..?"

"별거 아니야. 신경 안 써도 돼. 얼른 교실 가자."

난 강석이를 따라갔다. 교실에 들어가자마자 평소와 다를 바 없이 애들이 나랑 강석이, 유성이를 보고 수군거렸다.

"하연아, 난 이만 가 볼게. 수업 잘 들어."

유성이는 내 귀에 속삭이더니 내 머리를 한 번 만지고 교실을 나갔다. 유성이가 나가자마자 애들이 오오 거리는 소리를 냈.

박유성! 이런 상황에서 그런 행동을 하면 어쩌자는 거야..!! 싫은 건 아니었지만…. 아, 내가 또 무슨 생각을 하는 거야..!

힘든 수업 시간과 쉬는 시간이 다 지나고, 하교 시간이 됐다. 오늘도 다를 바 없이 강석이, 유성이랑 같이 우리 집으로 향했다. 어제와 마찬가지로 같이 시험공부를 하기로 했다. 그런데 오늘은 강우재도 낀다.

"강우재, 너는 중2들 사이에 왜 끼는 건데."

"내 마음이지. 그리고 나 중3이니까 너희랑 같이 있으면 도움 될걸? 애들아, 같이 있어도 되지? 조용히 교과서만 보다가 도움 필요할 때만 도와줄게. 괜찮지??"

"응. 괜찮아."

"나도 괜찮아."

오늘도 수학 공부를 했다. 그래도 아주 다행인 점은 강석이는 가르칠 때, 화를 내거나 그러지는 않았다. 한참 공부하고 있었는데….

"야, 조강석. 너 어제도 하연이 가르쳐 줬으니까 역할 바꿔. 네가 교과서 보면서 혼자 공부하고 내가 하연이 가르쳐 주는 걸로."

"내가 왜."

"2일 연속으로 네가 가르쳐 주고 있잖아. 하연이 수학 제일 어려워한다며. 그리고 나는 한 번도 하연이 수학 가르쳐 준 적 없고. 그러니까 나도 가르쳐 줘 보고, 하연이한테 더 잘 맞는 사람이 가르쳐 주는 게 낫지."

"싫다고."

"너 설마 하연이 수학 성적 안 나오기를 바라는 거야? 와… 조강석 진짜 나쁘다…."

"…바꾸자, 바꿔."

유성이는 내 옆에 앉았다. 그런데 거리가 너무 가까웠다. 팔을 들지 못할 정도로 가까이….

"야. 박유성. 적당히 붙어."

"가까이 붙어서 가르쳐 주는 게 편해."

"너 때문에 하연이 팔도 못 드는데?"

"하연이 오른손잡이니까, 왼팔은 못 들어도 상관없잖아."

"하연이 불편해 보이는데?"

유성이가 나를 보더니 물었다.

"불편해?"

"어? 아냐. 괜찮아…."

"들었지, 조강석? 하연이도 괜찮다니까 넌 교과서 보면서 공부나 하세요."

이내, 강석이는 교과서로 시선을 내렸다.

"유성아, 근데 넌 괜찮아..? 이러면 너 오른팔 못 들잖아…." 유성이는 날 보고 살짝 웃으며 말했다.

"왼손잡이여서 상관없어."

"어? 왼손잡이였어..?"

"응. 지금 알았어? 나한테 관심이 없네…. 살짝 서운한데."

"아, 아니, 너한테 관심이 없는 게 아니…"

유성이가 웃으며 말했다.

"장난 한번 쳐 본 거야."

"아, 진짜…."

잠시 정적이 흐르다가 유성이가 말했다.

"하연아, 나 안경 좀 닦고 알려 줘도 돼?"

"어? 응. 괜찮아."

"고마워."

유성이는 안경을 벗어서 닦기 시작했다. 난 그 모습을 빤히 쳐다보고 있는데, 유성이가 안경을 닦다가 나를 향해 고개를 돌리더니 말했다.

"왜 그렇게 빤히 봐? 잘생겼어?"

"어?! 아니, 뭐, 뭔 이상한 소리야..!!"

"박유성. 이상한 소리 하지 마."

"이게 왜 이상한 소리야. 하연이가 내 얼굴 빤히 보길래 그냥 물어본 건데."

"와… 너희 맨날 시험공부 할 때마다 이래?"

애는 갑자기 왜 끼는 거야..?

"중2 사이에 낀 유일한 중3은 조용히 해."

"어? 이게 오빠한테 못 하는 말이 없어?"

"강우재. 내 방에서 나가."

난 강우재를 일으켜 세우고 방문 쪽으로 강우재의 등을 밀었다.

"아, 미안, 미안! 조용히 하고 있을게!!"

난 다시 바닥에 앉았다.

"근데 강하연. 너 왜 이렇게 힘이 세졌냐?"

"너 때문이잖아."

"아, 그러면 나 때문이 아니라 내 덕분이지."

"조용히 하고 공부나 해."

"하연아, 안경 다 닦았어. 이제 수학 알려 줄게."

유성이는 다시 내 옆에 가까이 붙어 앉더니 설명을 해 줬다. 아무리 봐도 유성이는 가르치는 거에 소질이 있는 것 같았다.

"너희 공부하고 있어 봐. 마실 거 가져올게. 탄산수, 물, 우유 중에서 골라."

"형. 나는 탄산수."

"나도."

"난 물."

"강하연, 너는 네가 알아서 먹어."

"…됐어. 그냥 물은 가져오지 마."

"오케이~"

강우재는 방 밖으로 나갔다가, 손에 쟁반을 들고 다시 들어왔다.

"자, 받아."

강우재가 강석이랑 유성이한테 유리잔을 건넸다.

유성이는 탄산수 한 입을 마시고 마저 수학을 알려줬다. 그런데 유성이랑 너무 가까이 붙어 있어서 유성이의 심장 소리까지 들렸다. 진짜 심장이 터질 것 같았다.

"강하연. 너 덥냐? 얼굴 붉은데?"

"어? 어…. 좀 덥네."

내 앞에 앉아 있던 강석이는 아무 말 없이 일어나서 내 방 창문을 열었다. 그 덕에 살짝 진정됐다. 유성이는 계속 날 가르쳐 줬다. 근데 여전히 거리가 너무 가까워서 집중이 안 됐다….

"하연아, 듣고 있어?"

"어? 아, 미안. 잠깐 멍 때렸어."

유성이는 내 볼을 살짝 꼬집으며 말했다.

"으구, 수학 못한다면서. 집중해야지."

강석이가 고개를 들어, 유성이를 보며 차가운 말투로 말했다.

"박유성. 당장 그 손 떼."

"하연이 집중하라고 볼 살짝 꼬집은 건데 네가 뭔 상관이야."

"네가 내 눈에 거슬리게 행동을 하니까."

"질투하냐?"

"그딴 거 안 해."

"아니, 너희 둘 맨날 이렇게 싸워? 공부하러 온 거면 시험공부 해야지. 강하연 너 저번에 수학 6점 맞…"

"아, 좀!! 근데 강우재, 네가 내 수학 점수를 어떻게 아나..?"

"너 가방 뒤졌는데?"

"아. 내 가방을 왜 뒤져!!"

"너 국어만 100점이 나오고 다른 거는 다 30점 이하로 나왔잖…"

"아, 하지 말라고!! 그러는 너는 국어 1개 맞아서 3점이었잖아!!"

강우재는 날 놀리는 말투로 말했다.

"그래도 난 다른 거는 다 점수 잘 나와서 평균 너보다 높게 나왔었죠?"

난 사실이어서 반박할 수 없었다.

"하연아, 마저 하자. 수학 6점 안 나오려면."

"아니, 너까지 왜 그래!"

유성이가 웃으며 말했다.

"미안. 아무튼 마저 하자."

유성이는 계속 날 가르쳐 줬다. 확실히 웬만한 선생님들보다 강석이랑 유성이가 나은 것 같다.

"근데 너희 집 언제 갈 거야..? 벌써 11시인데?"

"벌써 11시야?"

"이만 가 봐야겠다. 하연아, 내일 봐."

그렇게 강석이랑 유성이는 갔다.

"강우재, 너도 나가."

"이게 진짜 오빠한테 못하는 말이 없네?"

난 강우재의 등을 방 밖으로 밀며 말했다.

"나가라고."

방에는 나 혼자 남았다.

시간이 흘러 중간고사 첫째 날이 되었다. 생각보다… 쉬운 것 같았다.
강석이랑 유성이 덕분인가..?
놀랐던 점은 강석이랑 유성이가 알려 준 문제들이 생각보다 더 많이 나왔다는 점이었다.
"시험 시간 10분 남았다."
난 서둘러 검토를 마쳤다. 검토를 해 봤을 때도 별다른 이상은 없었다. 시험 시간이 끝났다. 종이 치자마자 강석이가 물어봤다.
"하연아, 시험 난이도 어땠어?"
"중1 때보다 훨씬 나아. 다 너랑 유성이 덕분이지! 진짜 고마워!"
난 강석이의 양손을 잡으면서 말했다. 난 아차 싶어서 바로 강석이의 양손을 잡았던 손을 놓았다.
"미안..!"
심장이… 너무 빨리 뛰었다.
"…아냐, 괜찮아. ……답 맞춰 볼래?"
"으응."
강석이랑 같이 답을 맞춰 보려고 했는데 앞문에서 나랑 강석이를 부르는 소리가 났다.
"하연아! 조강석. 답 맞춰 보자."

유성이었다. 나랑 강석이는 복도로 나갔다.

"하연아, 시험 어땠어?"

"옛날보다 훨씬 나았어. 다 너랑 강석이 덕분이지! 진짜 고마워!"

우리 셋은 답을 맞춰 봤다.

"오, 하연아, 못해도 80점은 나올 것 같은데?"

"진짜?"

"근데 수학은 내일 보니까 긴장 풀면 안 돼."

"박유성매직. 좋은 분위기 망치지 마."

"……미안, 하연아."

"아, 아냐. 괜찮아. 너희 둘 다 수학 열심히 알려 줬잖아."

그때 예비 종이 울렸다.

"어? 하연아, 나 가 볼게. 나머지도 잘 봐."

유성이는 자신의 반으로 돌아갔고, 나랑 강석이도 반으로 들어갔다. 곧 시험이 시작됐다. 이번에도 강석이랑 유성이가 알려 준 문제들이 꽤 많이 나왔다. 모든 시험이 끝나고 강석이랑 유성이랑 집에 가는 길이었다.

"하연아. 이제 학교 끝났으니까 어디라도 갈래?"

"진짜?"

그때, 유성이가 말했다.

"내일 수학 있는데 마지막으로 공부해야지."

"1달 동안 열심히 했으니까 하루 노는 건 괜찮지."

"내일 중간 둘째 날이잖아. 그리고 내일 금요일이니까 오늘 수학

빡세게 하고 내일 놀아."

"아, 박유성매직 겁나 깐깐하네."

강석이는 잠시 생각하는 듯하다가 말했다.

"아, 오케이. 오늘까지만 공부하자."

나, 강석이, 유성이는 오늘도 우리 집으로 향했다.

제발 중간고사 점수 잘 나와라….

"하연아, 조강석이랑 내가 알려 주는 것 중에 뭐가 더 도움 돼?"

"둘 다 비슷한데..?"

잠시 정적이 흐르다가 강석이가 말했다.

"박유성매직. 가위바위보로 정해."

"콜."

강석이가 이겼다. 강석이는 내 옆에 붙어 앉았다. 심장이 너무 빨리 뛰어서 집중이 하나도 되지 않았다.

"하연아, 어디 아파?"

"어? 왜..?"

"심장 엄청 빨리 뛰는데?"

"뭐, 뭔 소리야..! 그리고 내 심장 빨리 뛰는 걸 네가 어떻게 아는데..!"

"붙어 있어서 그런지 너 심장 소리 다 들려."

난 그 말을 듣고 얼굴이 뜨거워졌다.

"그냥 더워서 그래…."

"재킷 벗으면 되지 않아?"

"어, 어…."

난 재킷을 벗었다.

"……하연아, 너 재킷 벗은 거는 처음 보는 것 같은데 되게 느낌이 다르다."

"그래..?"

"응. 재킷 입은 모습은 학생 같으면 재킷 벗은 모습은 되게… 어린 애가 교복 입은 것 같아."

"욕이야 칭찬이야..?"

"그냥 뭐든 잘 어울린다는 얘기야."

"얘기 그만하고 얼른 공부하자."

강석이는 언제나 그랬듯이 문제들이 적힌 종이를 줬다. 난 풀고 채점을 받고 틀린 이유 설명 듣고 다시 풀고….

"확실히 실력 많이 늘었네."

"진짜?"

"응. 진짜 많이 늘었어. 옛날에 수학 6점 맞았…"

난 강석이의 말을 끊으며 말했다.

"아아!! 공부하고 있는데 흑역사는 얘기하지 말자…."

강석이는 웃으며 말했다.

"그래. 알겠어."

난 다시 설명을 들었다. 그런데 계속 꾸벅꾸벅 졸았…다. 눈을 떴을 때 나는 강석이의 어깨에 기대 있었다.

"잘 잤어?"

난 놀라서 말도 제대로 안 나왔다.

"아, 아니, 그, 아..!!"

난 정신을 차리고 일어났다.

"미안..!!"

"아냐. 괜찮아. 잘 잤으면 됐어."

강석이는 내 머리를 쓰다듬으며 말했다. 강석이가 너무 훅 들어와서 정신이 혼미해졌다.

"조강석. 이제 그만해."

"질투?"

"난 누구랑 달라서 그딴 거 안 해."

"누가 봐도 거짓말인데."

"네 마음대로 생각할 거면 왜 물어봤냐."

"둘 다 그만해…."

방이 조용해졌다.

"오늘은 여기까지만 하자. 벌써 4시다."

"근데 나 얼마나 잔 거야?"

"50분 정도?"

"많이 잤구나…. 어깨 안 아팠어..?"

강석이가 웃으며 말했다.

"50분 동안 똑같은 자세로 가만히 있었는데, 당연히 아팠지."

"……미안."

"농담이야. 하나도 안 아팠어. 가자."

강석이는 나를 일으켜 세웠다.

"어디를 가..?"

"밥 먹으러. 사 줄게."

"나도 같이 가."

"박유성매직, 너는 왜 끼는데."

"친구끼리 다 같이 밥 먹으러 가는 거지."

"난 너 친구라고 생각한 적이 단 한 번도 없는데."

"됐고 얼른 가기나 해."

우리 셋은 밥을 먹으러 갔다. 메뉴는 그냥 분식이었다. 우리는 각자 먹을 거를 시키고 자리에 앉았다.

"하연아, 내일 시험 끝나고 어디 가고 싶은 곳 있어?"

"음… 딱히 가고 싶은 곳은 없는 것 같은데..?"

"우리 집 갈래?"

"너희 집..? 아! 생각해 보니까 너희 집 간 지 되게 오래된 것 같네. 그래. 가자."

"나도 같이 가."

"너 우리 집에 들이기 싫어."

"…치사하네, 조강석."

그때 음식이 나왔다.

"맛있게 드세요."

우리 셋은 맛있게 먹고 있었다. 한창 먹고 있는데 강석이가 내 입을 닦아 줬다.

"넌 아직도 칠칠찮게 묻히고 먹냐."

난 순간 몸이 얼었다.

"조강석. 당장 그 손 떼."

"내가 왜. ……아, 질투?"

"그딴 거 안 한다고."

"두, 둘 다 그만하고 마저 먹어…."

우리는 다 먹고 각자 집으로 향했다.

다음 날이 됐다. 오늘이 마지막 시험 날이었다.

…왜 이렇게 긴장되지..? 수학 때문에 그런가….

시험이 시작됐고 난 문제를 풀었다. 가장 긴장됐던 수학은 생각보다 괜찮았다. 이번에도 강석이, 유성이가 내준 문제들이 많이 나와서 그런지 자신이 있었다. 점수는 보장 못 하지만….

"시험 시간 끝났다. 다들 시험 기간 동안 고생했고 주말 동안 푹 쉬고, 월요일에 보자!"

선생님이 나가시자마자 강석이는 내 손목을 잡고 자신의 집으로 향했다.

"조강석!!"

뒤에서는 유성이의 목소리가 들렸지만 강석이는 무시하고, 빠른 걸음으로 집으로 갔다. 진짜… 빨랐다.

정신을 차려 보니 이미 강석이네 집에 도착해 있었다.

"아, 안녕하세요, 어머니. 오랜만에 봬요."

"하연이 잘 지냈어? 많이 컸네~"

"아, 진짜요? 감사합니다⋯."

난 살포시 웃으며 말했다.

"온 김에 저녁 먹고 갈래?"

"조금 있다가 배고프면 말씀드릴게요."

"그래~"

강석이와 나는 방에 들어갔다.

"담요 가져올게."

강석이는 담요를 가져와서, 내 무릎에 덮어 주며 말했다.

"뭐 하고 싶은 거 있어?"

"딱히 없는 것 같은데⋯."

"진실게임 할래?"

"⋯⋯둘이?"

"응."

그때 현관문 벨 소리가 들렸다. 그리고 어머니께서 문을 여셨는데, 유성이었다. 난 유성이를 보고 조금, 아니, 많이 놀랐다. 어머니께 말하는 유성이의 말투 때문에⋯.

"어머, 누구세요?"

"안녕하세요, 어머니! 하연이랑 강석이 친구, 박유성입니다! 시험 끝나고 같이 놀기로 했는데, 바로 가 버려서 찾아왔습니다! 처음 뵙겠습니다!"

어머니가 웃으면서 말했다.

"어머, 요즘 애들이랑 다르게 되게 밝네!"

"아, 그런 말 자주 듣습니다! 감사합니다!"

난 너무 놀라서 말도 안 나왔다.

유성이 맞아..? 유성이가 저렇게 밝은 애였어..?!

강석이가 그 모습을 보더니 현관 쪽으로 나갔다.

"박유성. 나가, 당장."

유성이가 강석이한테 어깨동무를 하며 말했다.

"왜 그래, 강석아! 우리 친구잖아!"

"성 붙이고 불러. 그리고 너랑 1초도 닿기 싫으니까, 당장 어깨동무 빼."

"강석아, 너 너무하다…. 우리가 몇 년 지기 친구인데…."

"몇 년 지기는 무슨. 너랑 친구였던 적 없어."

어머니께서 강석이의 등을 때리면서 말했다.

"으휴, 조강석!! 친구가 왔는데 내쫓기는 왜 내쫓아!! 하하… 유성이라고 했지? 괜찮으니까, 재밌게 놀다가~ 얘가 좀 철이 없어서…. 미안해…."

"괜찮아요, 어머니! 이미 익숙합니다! 그럼, 감사히 잘 놀다 가겠습니다!"

"아니, 엄마!!"

"넌 조용히 안 해? 얼른 유성이랑 방 들어가. 싸우지 말고."

"하… 따라와."

"고마워, 강석아!"

강석이의 방 안에서 보고 있는 난 너무나도 무서웠다. 마치 유성이가 다른 사람이 된 것 같았다. 강석이가 방문을 닫자마자, 유성이가 원래대로 돌아왔다.

"하… 힘들어 죽는 줄 알았네. 하연아, 수학 어땠어?"

아, 연기였구나.

"어? 아, 둘 다 잘 가르쳐 줘서 진짜 문제 풀기 수월했어. 그리고 나 수학 문제 풀면서 시간 남아서 검토해 본 거 이번이 처음이야..!"

"가르친 보람이 있네."

"박유성. 나 진심으로 말한다. 나가."

"왜. 너희 둘이 같이 있다가 무슨 일이 있을 줄 알고."

"하… 엄마가 이딴 모습을 봐야 하는데."

분위기가 차가워졌다. 난 이 분위기를 풀려고 먼저 말했다.

"아, 맞다, 강석아."

"응?"

"너희 언니, 아니, 누나 어디 갔어?"

"아, 조강윤?"

"응. 너희 누나랑 뭐 좀 얘기하고 싶어서…."

강석이가 잠시 생각하는 듯하다가 말했다.

"방에 있을걸?"

"가 봐도 돼..?"

"응. 같이 가자."

나랑 유성이는 강석이를 따라갔다.

"박유성매직, 너는 왜 따라와."

"집 구경."

"…진짜 짜증 나네."

"누구는 아닌 줄 알아?"

둘은 조용해졌다.

"여기야."

강석이가 문을 열었다.

"우씨! 조강석, 내가 노크하라 했…"

언니가 나를 보더니, 달려와서 나를 안았다.

"와, 하연아! 왜 이렇게 오랜만이냐~ 왜 요즘에 안 놀러 왔어?"

"아… 좀 바빴어서. 미안…."

"아냐, 괜찮아! 오랜만에 만나니까, 너무 반갑다! 조강석이 너 좋…"

강석이가 언니의 말을 끊으며 말했다.

"아, 조강윤!! 하지 마, 진짜!!"

언니가 놀리는 말투로 말했다.

"왜? 뭐 어때서~"

"하지 말라고!!"

"근데 이쪽은 누구?"

언니가 유성이를 보며 말했다.

"아, 인사가 늦었네요. 안녕하세요, 누나! 하연이랑 강석이 친구, 박유성입니다!"

"와, 너 마음에 든다. 성격 밝은 게 조강석이랑은 달라서 좋…"

"누나, 애랑 비교하지 마!!"

"이게 어디서 말을 끊냐."

강석이는 조용해졌다.

"아무튼 유성아! 조강석 때문에 많이 힘들지? 내가 대신 미안…."

"아니에요! 이미 익숙해서 아무렇지도 않아요!"

"아, 근데 나한테는 무슨 일로 왔어?"

"하연이가 누나랑 뭐 얘기하고 싶다고 데려다 달랬는데?"

"어? 하연이가 나한테?"

"어. 누나한테."

"그럼 너희 둘은 잠깐 가 있어. 하연아, 내 방 들어가자!"

난 언니를 따라서 방으로 들어갔다.

"하연아, 이 언니한테 말해 봐! 조강석이 얼마나 힘들게 했길래, 나를 찾아왔어?"

"아니, 그게 아니라…."

"응? 뭔데 그렇게 망설여?"

난 차마 '강석이 이상형이 뭐야?'라고 물어볼 수 없었다.

"아니, 그냥 고2 되면 공부 많이 어려워져?"

"아, 그거? 흠… 확실히 어려워지긴 하지. 외울 것도 많아지고. 근데 하연이는 잘할 수 있을 것 같은데?"

"아, 그래? …고마워."

"더 물어볼 거는 없고?"

"……응."

"그래. 가 봐!"

난 언니 방을 나와서 강석이 방으로 갔다.

"하연아, 조강윤이랑 무슨 얘기 했어?"

"그냥 공부 그런 거..?"

"그래? 알겠어. 진실게임 할 거야?"

"…응. 하자."

우리 셋은 진실게임을 시작했다. 강석이, 유성이, 나 순서였다.

"나 먼저 하연이한테 물어볼게. 하연이 너 좋아하는 사람 있어?"

"어, 어? 아니, 그게…."

있다고 하면 이름 물어볼 게 뻔한데….

"대답 안 하는 거 없어. 얼른 해."

"이, 있어. 근데 잠시만!"

"왜?"

"좋아하는 사람 누군지 말하게 하는 질문은 하지 않기..!!"

"아, 그런 룰 갑자기 만드는 게 어딨어…."

당연히 만들어야지..! 좋아하는 사람이 너희 2명인데!!

"없으면 나 안 해."

"…오케이. 좋아하는 사람 누군지 말하게 하는 질문은 안 할게."

"다음 나지? 하연이한테 물어볼게."

유성이는 잠깐 고민하는 듯하더니, 내 눈을 똑바로 바라보며 물었다.

"나 좋아해?"

"자, 잠시만! 조, 좋아하는 사람 누군지 말하게 하는 질문은 안 하기로 했잖아..!"

"응? 이건 그냥 나 좋아하는지 물어본 거 아니야? 아, 설마 하연이 너 이성적으로 좋아하는 거 생각했어?"

"……아니야..?"

유성이가 웃으며 말했다.

"나 친구로서 좋아하는 건지 물어본 건데."

"아."

난 유성이의 등을 때리며 말했다.

"그러면 질문을 정확하게 해야 할 거 아니야! 가장 중요한 수식어를 빼먹으면 어떡해!!"

유성이가 웃으며 말했다.

"아, 미안, 미안! 그러면 다시 질문할게."

유성이는 내 어깨를 잡고, 내 몸을 돌려서 자신과 눈을 맞추더니, 진지한 목소리로 물었다.

"하연아, 나 친구로서 좋아해? '좋아해'나 '싫어해'로 대답해."

두, 둘 다 대답이 너무 극단적이잖아….

난 살짝 눈을 피하며 말했다.

"좋아해…."

그제야 유성이는 내 어깨를 놔줬다. 나는 재빨리 몸을 돌렸다.

"다, 다음 내 차례지?! 강석이한테 질문할게..!"

난 한번 목을 가다듬고 말했다.

"강석아, 유성이랑 사이 왜 안 좋은 거야?"

"어? 아, 그냥 얼굴만 봐도 짜증 나서."

"누구는 아닌 줄 아나 보네."

얼굴만 봐도 짜증 날 수가 있나..?

"아, 그렇구나…."

"응, 다음에 내 차례 맞지? ……박유성매직한테 물어볼게."

"나? 왜. 뭔데."

강석이가 잠시 고민하는 듯하다가 말했다.

"좋아하는 사람 있냐."

"너도 참 눈치 없다."

"왜 시비냐."

분위기가 너무 차가워졌다.

"그래서 좋아하는 사람 있어 없어."

"눈치 없네. 당연히 있지."

유성이가 좋아하는 애가 있다고..?! 믿기 힘든데…. 누굴까..? 조용한 애일까? 아니면… 밝은 애려나..?

"다음 내 차례 맞지? 조강석한테 질문한다. 음… 너 좋아하는 사람 있… 아니다, 이거 말고, 너 하연이 좋아해?"

이, 이건 또 뭔 소리야?!

"뭐, 뭔 소리냐! 그리고 좋아하는 사람 말하게 하는 질문은 안 하기로 했잖냐!!"

"아, 맞다. 그럼 다른 질문 할게. 음…… 너 좋아하는 사람 몇 명?"

"당연히 1명이지. 2명 이상 좋아하면 그건 정신 나간 거지."

'2명 이상 좋아하면 그건 정신 나간 거지.' ……역시 내가 이상한 거였어…. 이제 진짜 정해야 하는데….

"야. 정신 나간 거는 아니지. 2명 이상 좋아할 수도 있지."

"설마 너 2명 이상 좋아하냐?!"

"겠냐고. 난 좋아하면 걔만 보… 아니, 내가 이거까지 왜 말하고 있냐…. 아무튼 2명 이상 좋아할 수도 있지."

"아~ 너 좋아하는 사람 있으면 걔만 보인다고? 와, 얘 생긴 거랑 다르게 완전 해바라기네."

유성이가 한 번 한숨을 쉬더니 말했다.

"너랑 말하니까 힘 빠져. 하연아, 이제 너 질문해."

"어? 아, 응…. 아까 강석이한테 물어봤으니까 이번엔 유성이한테 물어볼게."

"뭔데?"

난 잠시 고민을 하다가 말했다.

"……좋아하는 애 5반이야?"

"아, 내가 좋아하는 애랑 나랑 같은 반이냐고?"

"으응."

난 제발 아니기를 바랐다.

"다른 반이야."

다행이다….

"그럼 내 차례 맞지?"

강석이는 잠시 고민하는 듯하다가 나를 보며 말했다.

"너 나 좋아해?"

"조, 좋아하는 사람 누군지 말하게 하는 질문 없다며..!"

"나 친구 기준으로 물어본 건데?"

"아, 아니, 유성이도 그렇고 너도 그렇고..! 아까부터 제일 중요한 수식어를 왜 빼냐고..!!"

강석이가 웃으며 말했다.

"미안, 미안. 그래서 나 친구로서 좋아해?"

"친구로는… 좋아하지..?"

방에 잠시 정적이 흘렀다.

"다음 내 차례 맞지? 하연아, 이상형 말해."

"어…… 욕 안 쓰고, 살짝 조용하고, 나보다 키 크고…, 안경 안 쓴 사람..?"

"어? 그러면 나도 이상형 조건에 맞는 사람이네?"

맞긴 한데 어감이 좀 이상한데….

"그런가….."

"이제 하연이 너 질문 해."

난 누구한테 질문을 할까 하다가, 강석이한테 하기로 했다.

"강석아."

"응?"

난 잠시 고민하다가 물었다.

"진짜 궁금해서 물어보는 건데… 너 중1 신체검사 때 키 몇 나왔어?"

"176."

저번에 185까지 컸다고 하지 않았나..?

"아니, 잠시만. 그럼 1년 동안 9cm가 큰 거야..?!"

"정답."

"……부럽다."

"너도 곧 크겠지."

잠시 방 안에 정적이 흘렀다.

"이제 진실게임 그만하면 안 돼?"

"한 턴만 더 돌고 그만하자."

왜 이렇게 불안하지?

"……그래. 알겠어."

"하연아, 내 장점 3가지."

이렇게 갑자기 장점을 물어본다고?

"키 크고 친화력 좋고 운동 잘하는 거."

"오… 되게 빨리 말하네?"

"너무 확실하니까."

방에 잠시 정적이 흐르다가 유성이가 말했다.

"하연아, 내 장점 3개."

"야, 박유성매직. 너 왜 내 질문 따라 하냐."

"내 장점 궁금해서. 그래서 하연아. 내 장점 3개는?"

"키 크고 도덕성 좋고 공부 잘하는 거..? ……마지막 나 하고 진실 게임 그만하는 거 맞지?"

"응, 맞아."

"유성이한테 물어볼게. 아까 강석이한테 물어봤던 건데, 중1 신체검사 때 키 몇 나왔어?"

방에서 꽤 오랫동안 정적이 흐르다가 유성이가 말했다.

"거짓말 살짝만 섞으면 안 돼..?"

강석이가 놀리듯이 말했다.

"아~ 박유성매직 너 설마 중1 때 키 작았었냐?"

"……하연아, 귀 좀 대 봐."

"그런 게 어딨냐. 박유성매직, 꼼수 쓰지 마."

유성이가 한숨을 한 번 쉬더니 작은 목소리로 말했다.

"152….."

1, 152였다고?! 지금 대충 봐도 180은 넘어 보이는데?!

"헐!? 박유성매직 키 겁나 작았네?!"

"……과거가 중요하냐, 지금이 중요하지!!"

강석이가 웃으며 말했다.

"아, 예예~ 작년에 키 152였던 박유성매직 씨. 근데 지금이 중요하다면서 발끈은 왜 하실까요?"

유성이가 고개를 숙이며 중얼거렸다.

"하… 진짜 조강석……."

"얘, 얘들아! 진실게임 그만하는 거 맞지?!"

그때 방문이 열렸다. 강윤 언니였다.

"에? 너희 구도가 왜 그러냐. 유성이만 왜 저렇게 고개를 숙이고 있냐..? 조강석, 너 설마 유성이 괴롭혔냐?!"

"아니거든!! 쟤 놀린 거밖에 없는데 쟤 반응이 저런 거거든?!"

"도대체 뭐라고 놀리면 그렇게 밝던 애가 저렇게 되는데."

"쟤 작년 키 1…"

유성이가 강석이의 입을 막으며 말했다.

"조강석, 조용히 안 하냐?! 누, 누나! 혹시 무슨 일로 들어오셨어요..?"

"어? 어…… 아, 엄마가 저녁 먹게 나오래."

"아, 네! 감사합니다! 바로 나갈게요!"

유성이가 내 손목을 잡고 거실로 나가서 식탁에 앉았다.

"그… 괜찮아..?"

"어? 어…. 괜찮으니까 신경 안 써도 돼……."

누가 봐도 안 괜찮아 보이잖아….

어머니가 찌개를 식탁 위에 올려놓으며 말했다.

"급하게 차려서 먹을 건 별로 없지만, 맛있게 먹어~"

"아니에요, 어머니! 상다리가 부러지겠는데요?"

멘탈 나간 상태에서도 저 정도 수준의 연기가 가능하다고..?

"그렇게 말해 줘서 고마워~"

그때 강석이의 목소리가 들렸다.

"아아, 누나! 아파!!"

"넌 벌 좀 받아야 돼."

난 시선을 소리가 나는 쪽으로 돌렸더니, 언니가 강석이의 귀를 잡고 끌어오고 있었다.

"야야, 조강윤! 너 뭐 해!!"

"아니, 엄마. 얘가 유성이한테 먼저 잘못을 해서 벌주는 거야."

"아, 그래?"

"아니, 엄마까지 왜 그래!!"

유성이가 아주 작게 웃는 소리가 들렸다.

"아무튼 조강석! 너 이제 유성이 괴롭히지 마라?! 내가 지켜본다? 이제 앉아서 밥이나 먹어."

새, 생각보다 언니가 힘이 세구나….

그때 어머니가 말했다.

"오랜만에 사람이 많네~"

"잘 먹겠습니다."

밥을 다 먹은 후 유성이가 말했다.

"어머니, 음식이 진짜 다 일류 요리사 수준인데요? 이 정도면 고급 레스토랑에서 팔아도 문제없을 정도예요!"

아무리 봐도 유성이가 아닌 것 같아….

"유성아, 우리 엄마가 그 정도는 아닌…"

어머니가 언니의 입을 막으며 말했다.

"얘가 뭐라니! 하하… 유성아, 아무튼 고마워. 맛있다고 해 줘서."

"아니에요! 저야말로 맛있는 음식 해주셔서 감사하죠! 아, 설거지 제가 할까요?"

"어휴! 아니야! 손님인데 쉬어~"

"앗, 감사합니다! 저랑 하연이는 이만 가 볼게요! 오늘 다시 한번 감사했습니다! 다음에 뵐게요!"

"응~ 언제든지 와."

유성이는 강석이 방에서 내 가방과 자기 가방을 가져오고 현관으로 나갔다. 그 시각 강석이는 어머니께 혼나고 있었다.

"유성아, 나중에 꼭 다시 와!"

"네, 누나! 다음번에 뵐게요!"

이내 유성이랑 나는 집 밖으로 나갔다. 현관문을 닫자마자, 유성이의 혼잣말 소리가 들렸다.

"하… 힘들다."

"……그렇게 연기하는 이유 뭔지 물어봐도 돼?"

"어? 아, 그냥 괜히 원래 쓰는 말투로 말하면 조강석이 쫓아냈을 때 그냥 바로 쫓겨날 거고, 밝게 연기하면 조강석이 쫓아내려 해도 가족분들이 말릴 테니까."

…천재인가..?

"오, 똑똑한데?"

"똑똑한 건 아니고 그냥 잔머리가 좋은 거지. ……시간이 늦었다. 집까지 데려다줄게."

"아, 나 괜찮…"

유성이가 내 말을 자연스럽게 끊으며 말했다.

"오케이~ 가자."

뭐지? 데자뷰인가….

집 가는 길에 이런저런 얘기를 하다 보니, 금방 집에 도착했다.

"잘 가, 하연아. 월요일에 학교에서 봐."

"너도 잘 가."

난 이내 집으로 들어가고 침대에 누워서 핸드폰을 보고 있는데, 곧 강석이한테 전화가 왔다.

"여보세요?"

"하연아, 집 잘 들어갔어?"

"어? 응…. 너는 괜찮아..?"

"아, 조강윤 때문에 귀 뜯긴 것 같긴 한데, 이건 괜찮아."

전혀 괜찮은 게 아니잖아..!!

"아, 그렇구나."

"응. 음… 주말 잘 보내고 월요일에 봐."

평범하게 집에서 주말을 보내고 월요일이 됐다. 난 준비를 하고 학교로 향했다. 오늘은 다행히 집 앞에 강석이랑 유성이가 없었다.

학교에 도착하고, 반에 들어갔더니 이른 시간임에도 불구하고 애들이 많았다. 그리고 오늘도 별다른 바 없이 웅성거렸다. 근데 오늘은 소문 때문이 아니라 다른 이야기로..!

"하연아! 우리 5월에 수련회 간대!"

"진짜?"

"응! 심지어 3박 4일!"

"와, 재밌겠다..!"

그때, 누군가가 대화에 끼었다.

"기대돼?"

"응, 완전! 어? 강석아…."

"주말 잘 보냈어?"

"응…. 잘 보냈지..? 너는?"

강석이는 잠시 고민하는 듯하다가 웃으며 말했다.

"나도 잘 보냈지."

"다행이다."

"난 먼저 자리 들어갈게."

강석이가 자리를 뜨자 소라가 말했다.

"하연아! 경주 진짜 재밌을 것 같지 않아?"

"어? 뭐야, 경주로 가는 거야..?!"

"응! 왜??"

"아, 나 아직 한 번도 경주를 가 본 적이 없어서…."

"헐, 진짜?? 이번 기회에 제대로 즐겨!"

"응..!"

곧 조회 종이 치고 선생님이 들어오셨다.

"자자, 얘들아! 소문으로 들어서 알지? 5월 17일부터 5월 20일까지 3박 4일, 수련회 간다! 아, 그래서 조금 있다가 쌤 수업 시간에 방 같이 쓸 애들이랑 버스 자리, 제비뽑기로 정할 거거든? 그니까 자유로 조 정할 생각하지 마라~"

애들이 한탄하는 소리가 들렸다.

"어? 너희들 아아 거리지 마라? 아, 그리고 버스를 4대밖에 못 빌려서 5반은 1반부터 4반 중에 가위바위보 진 반이 같이 버스 쓰기로 했거든? 그러니까 남자 반장이나 여자 반장 중 한 명이 쌤 따라서 나와 봐!"

잠시만. 유성이 5반이잖아. 지는 게 더 좋을… 아니, 내가 뭔 생각을 하는 거야….

우리 반은 소라가 나가서 가위바위보를 하기로 했다. 소라가 선생님이랑 나갔다가 다시 반으로 돌아왔다.

"쌤! 어떻게 됐어요?"

"응, 우리가 5반이랑 같이 버스 쓰기로 했어."

……소라야, 고마워..!!

"강하연! 너 박유성 옆에 앉고 싶음, 조강석 옆에 앉고 싶음?"

윤정우 진짜!!

"아, 맞다. 셋이 엮여서 소문 퍼졌지? 하연아, 강석아. 진짜 사실이야?"

"소문이 퍼진 건 사실인데 소문은 헛소문이에요."

"조강석! 거짓말하지 마!"

"뭐가."

"너 소문이 아직도 너랑 강하연이랑 사귀고 있는 소문인 줄 아나 본데 소문이 바뀌었거든?"

"보나 마나 또 헛소문이겠지."

"뭐래? 너랑 박유성이 강하연 좋아해서 삼각관계라는 소문 퍼졌는데? 아! 그리고 강하연이 둘 다 좋아한다는 소문도!"

난 살짝 뜨끔했다.

"헛소문이야."

"과연 그럴까? 둘 다 사실인 것 같은데?"

"자, 이제 조용! 좀 이따가 보자."

선생님은 교실에서 나가셨다. 아까 수련회의 웅성거림은 어디 가고 소문의 웅성거림이 찾아왔다.

하… 진짜 윤정우!!

곧 수업 종이 쳤다. 난 오늘 다른 수업들은 모르겠고, 하루 종일 담임쌤의 수업만 기다려졌다. 그리고 드디어 담임쌤의 수업 시간이 왔다.

"자, 얘들아! 이 시간만 기다렸지? 5반 애들 데려올게~"

선생님이 5반 애들을 데리고 들어왔다. 그 많던 애들 중 유성이밖에 보이지 않았다.

"얘들아, 종이 나눠 줄 테니까 자기 이름 써라!"

난 강석이나 유성이가 내 옆자리가 나오기를 간절히 바라면서 내 이름을 썼다.

"한 명도 빠짐없이 이름 다 쓴 거 맞지? 24명 나와서 이름 뽑아라!"

난 앞으로 나갔다. 24명이 모두 나오고 한 명씩 버스 자리를 뽑았다. 그리고 드디어 내 차례가 왔다.

"이제 하연이 뽑아!"

"네…."

난 간절히 바라면서 통 안에 손을 넣고 종이를 뽑았다.

"오! 하연이랑 강석이랑 짝!"

"조강석, 이번 수련회에서 강하연한테 공개고백 드가자!"

강우진, 진짜..!!

"우진아, 조용히 해야지?"

"네…."

쌤, 감사합니다….

"이제 유성이 뽑아!"

유성이는 통 안에 손을 넣고 뽑았다.

"유성이랑 시연이 짝!"

"아, 쌤. 다시 뽑으면 안 돼요?"

"안 돼. 들어가."

유성이는 한숨을 쉬더니 다시 자리로 돌아갔다.

유성이랑 시연이랑..? 저번에 시연이가 유성이 4년 동안 좋아했다고 했었지..? 뭔가 불안한데….

강석이를 슬쩍 보니 웃고 있었다. 남은 애들도 다 버스 짝을 뽑고, 이제 버스 자리를 선착순으로 정해야 했다. 애들이 칠판 앞으로 모이기 시작했다.

"하연아, 앉아 있어. 이름 쓰고 올게."

강석이는 내가 대답을 하기도 전에, 칠판 앞으로 나가서 3번째 줄에 이름을 쓰고 자리로 돌아왔다. 그리고 유성이는 강석이가 이름을 쓰자마자 나랑 강석이 뒷자리에 이름을 썼다.

"아씨, 박유성매직 쟤는 왜 뒤에 이름을 써."

기분 나빠 보이네….

다른 애들도 다 이름을 썼다.

"애들아! 이름 다 썼지? 이대로 정한다?"

모두 불만 없이 동의했다.

"이제 방 같이 쓸 친구들 정해 줄게! 이것도 랜덤으로 하는 거 알지? 그리고 5반 애들이랑 같이 방 쓸 수도 있으니까 알고 있고!"

선생님은 컴퓨터 프로그램을 실행시켰다. 난 소라, 수연이, 지우, 예서, 서연이랑 같은 방이 됐다. 그중에 지우랑 수연이는 5반 친구들이었다. 그리고 강석이의 이름을 찾아봤는데 심상치 않은 조합이었다. 다른 애들은 그렇다고 쳐도 강석이, 유성이가 같은 방을 쓴다. 옆에서는 강석이의 한숨 소리가 들려왔다.

"애들아, 확인했지? 기억 잘해라."

"3반쌤, 다 끝났는데에, 애들한테 뭐 좀 말해도 되겠습니까?"

"아, 네. 괜찮습니다."

"자자~ 유성이랑 강석이, 하연이! 니들 셋, 앞으로 한번 싹 나와보제~"

왜 이리 불안하지? 왜 하필 소문난 우리 셋을….

안 나갈 수는 없었기에 일단 앞으로 나갔다.

"강석이부터 하연이, 유성이 순서로 서 봐레~"

우리 셋은 선생님이 하라는 대로 섰다. 선생님이 목을 가다듬으시더니 말했다.

"니들 소문 진짜라카더라. 맞나?"

"무슨 소문이요."

"니랑 강석이가 하연이 좋아한단 애기도 돌고! 하연이가 니들 둘

다 좋아한단 말도 있드라! 진짜가?"

이러실 줄 알았다….

"쌤, 아니에요..! 그냥 셋 다 아무 감정 없는 친구예요..!!"

어떻게 지금 상황에서 둘 다 좋아하고 있다고 말하냐고….

선생님이 웃으며 말했다.

"어메, 하연이 목소리 커진 거 보소. 은근 신경 쓰이제?"

애들이 오오 거렸다.

"박유성, 조강석! 지금 동시에 공개고백 드가자!!"

하… 진짜 윤정우!!

"정우야, 조용히 하자. 알겠제?"

윤정우는 조용해졌다.

"그래서 유성이랑 강석이는 그 소문, 어케 생각하노?"

"당연히 다 헛소문이죠."

"자, 강석이 차례다! 니는 그 소문 듣고 어땠노? 설마 찔리나?"

"박유성매직이랑 똑같이 생각해요."

"아~ 거짓말하지 마!"

몇몇 애들이 입을 모아, 말했다.

"자자, 다 조용해라! 유성아, 저번에 하연이랑 같이 찍힌 그 사진, 그건 뭐꼬? 니랑 하연이, 무슨 사이냐, 진짜?"

아, 맞다. 유성이가 무릎 굽혀서 나랑 눈 맞춘 사진….

"그거 그냥 하연이랑 진지하게 할 말 있어서 제가 눈높이 맞춘 거예요."

"아, 맞나?"

"네."

잠시 반이 조용해졌다가 선생님이 웃으며 말했다.

"자~ 얘들아, 집중해라! 쌤이 지금부터 유성이랑 강석이 자존심 긁어부는 질문 하나 날린다~ 두 사람 긴장 좀 해라잉?"

난 뭔가 불안한 느낌이 들었다.

"강석이랑 유성이 중에 누가 더 키 크나?"

"쌤, 솔직히 제가 박유성매직보다 더 크죠~"

"헛소리 하지 마. 나도 키 크거든?"

"뭐래 작년에 키 1…"

유성이가 강석이의 말을 끊으며 말했다.

"이상한 말 하지 말고."

"그라모 둘이 한번 등 대고 서 볼래?"

"아, 조강석이랑 등 대기 싫어요."

강석이가 놀리는 듯한 말투로 말했다.

"박유성매직, 너 자신 없구나?"

"…등 대."

둘은 등을 마주 댔다. 눈으로 봤을 때는 차이가 나 보이지 않았다.

"어이, 둘이 키 차이 안 나는 것 같다 아이가?"

선생님은 둘의 머리에 파일을 올려놨다.

"강석이가 쪼메 더 크다."

"아."

강석이가 유성이를 놀리듯이 말했다.

"내가 말했지, 박유성매직? 내가 너보다 더 크다니까? 더 커서 와라."

유성이는 자존심이 제대로 긁힌 듯했다.

근데 유성이는 작년만 해도 152였고, 강석이는 지금 185잖아..? 근데 강석이랑 유성이 지금 키 차이 얼마 안 나니까, 유성이는 30cm 이상 큰 거 아닌가..? 그럼 그걸로도 대단한 건데, 왜 자존심 긁혀 하는 거지?

"조강석. 손 크기 재."

"아, 너랑 손 닿기 싫어."

"자신 없구나?"

"손 딱 대."

둘은 손을 댔다. 강석이랑 유성이의 손 크기를 보니 거의 똑같은 크기였다. 그런데 자세히 보니 유성이 손이 진짜 살짝 더 컸다.

"손은 내가 더 크네."

"손톱 길이겠지."

"뭐래. 맨 끝 살로 길이 비교했는데."

강석이는 아무 말도 하지 않았다. 강석이도 자존심이 제대로 긁힌 듯했다.

나도 나중에 손 크기 재 보자고 해 볼까…. 아, 내가 뭔 생각을 하는 거야..!

"하연아, 나랑 손 좀 대 보자."

"어?"

"오, 하연이랑 강석이랑 손 좀 대는 기라? 크기 차이 궁금한데, 한 번 대 봐라잉!"

난 빨리 뛰는 심장으로 강석이와 손을 댔다. 역시 강석이는 나보다 손이 훨씬 컸다. 손가락 2마디 넘게 차이가 났다.

"오, 설레는 키 차이랑 설레는 손 차이!"

윤정우 진짜..!!

"윤정우, 너는 그냥 입 닫고 있어."

"조강석, 부끄러워서 그러는 거 봐라!"

"또 손목 잡히고 싶은 거야?"

"……죄송합니다."

저번에 강석이가 윤정우 손목 잡았을 때 진짜 힘셌나 보네…. 얼마나 셌길래 그런 거지..?

"근데 하연아 너 손이 왜 이렇게 작아?"

"…네가 큰 거라고는 생각 안 해..?"

"아, 그런가?"

진짜 모르는 걸까 모르는 척하는 걸까….

"응. 그런 거야."

"하연아 나랑도 손 대 보자."

유성이가 나한테 손을 내밀며 말했다.

"어? 알…겠어."

난 유성이와 손을 맞대 봤다. 유성이랑도 손 크기 차이가 많이 났다.

"손 되게 작구나."

"네가 큰 거야."

유성이는 내 말을 무시하고 말했다.

"오, 진짜 작네. 손바닥 크기 차이 봐."

유성이는 그렇게 말하면서 내 손에 깍지를 꼈다. 난 심장이 너무 빨리 뛰었다. 이전과는 비교도 못 할 만큼….

그 모습을 보고 있는 선생님과 3, 5반 애들이 오오 거렸다.

애는 왜 지금 이러는 거야..!!

"박유성. 이제 손 떼."

"너 하연이랑 손깍지 못 끼어서 화났구나? 보나 마나 너 10년 동안 하연이랑 손깍지 껴 본 적 없지?"

"헛소리 작작 해. 그리고 없기는 왜 없어."

내가 강석이랑 손깍지를 낀 적이 있었나? 기억이 없는데..?

그때 쉬는 시간 종이 울렸다.

"수업 끝났다! 쌤은 간다 아이가! 나중에 다시 공지할 낀데, 수련회 날 늦지 말아라!"

선생님은 이내 교실에서 5반 애들을 데리고 나가셨다. 난 아직도 강석이, 유성이랑 손이 닿았던 감각이 생생히 느껴졌다. 유성이가 나한테 손깍지를 낀 감각도….

유성이는 갑자기 왜 그런 거지….

모든 수업이 끝나고 별다를 특별한 일 없이 집으로 향했다.

3장
수련회

시간이 흘러 수련회 당일이 됐다. 설레는 마음으로 집을 나섰는데, 어째서 나가자마자 강석이랑 유성이가 있는 걸까….

"어? 하연아, 나왔어?"

"가자."

아, 아니, 뭐 이리 자연스러워..?

난 강석이랑 유성이 사이에서 걷고 있는데, 유성이가 말했다.

"하연아, 머리 땋은 거 잘 어울린다."

"아, 괜찮아?"

"응. 되게 잘 어울려. 근데 오늘은 왜 땋았어?"

난 잠시 고민하다가 웃으며 말했다.

"경주는 처음 가 보는 거여서?"

"아, 경주 한 번도 안 가 봤어?"

"응, 처음 가 봐."

"가서 재밌게 놀자. 어차피 다니는 거는 다른 반이랑 다녀도 상관없으니까."

강석이가 대화에 끼어들며 말했다.

"박유성매직, 나는 동의한 적 없거든?"

"너보다는 하연이 의견이 중요하지. 하연아, 같이 다녀도 되지?"

난 고개를 끄덕이며 말했다.

"응, 상관없어."

"그럼 셋이 다니자."

"아니, 박유성매직. 난 동의한 적 없다니까?"

"너랑 하연이랑 같이 다니기로 이미 정한 거야?"

아, '강석이랑 다닌다' 그런 걸 정한 적은 없구나. 그런데 너무 자연스럽게 같이 다니는 상황이 돼 버렸어…. 뭐 싫은 건 아니지만….

"어차피 하연이한테 물어봐도 같이 다녀도 된다고 할 거 뻔히 아니까 안 물어본 거지."

"알기는 뭘 알아. 네가 하연이야? 싫다고 할 수도 있지."

"그럼 지금 물어볼게. 하연아, 수련회에서 같이 다닐래?"

"응, 같이 다니자."

"조강석, 난 동의 안 했다. 너보다 내가 하연이한테 먼저 같이 다니자고 했으니까 나한테도 물어봐야지."

"너 의견 따위는 필요 없어."

"두, 둘 다 그만하고 늦기 전에 얼른 가자…."

우리 셋은 학교 운동장으로 향했다. 이미 운동장에는 선생님들과 1, 2, 3학년들이 많이 와 있었다.

"어? 너희 셋 왜 같이 와?"

"그냥… 등굣길에 만나서 그래."

"하연이 수상한데~"

"한소라. 넌 모르면 그냥 조용히 해."

"여전히 차가워요~"

소라는 웃으면서 다른 곳으로 갔다.

둘이 같은 유치원 나왔다고 한 게 진짜인가 보네….

"유성아, 뭐 궁금한 거 물어봐도 돼..?"

"응 뭐데?"

"소라랑 같은 유치원 나왔다는 거 진짜야..?"

"아, 한소라가 그 얘기 했어? 맞아. 같은 유치원 나왔어."

…혹시 유성이가 좋아한다는 애가 소라인가? 소라는 유성이랑 다른 반이고 예쁘고 착하고, 심지어 반장이니까….

"하연아, 무슨 생각 해?"

"아, 아무것도 아니야..!"

우리 셋 사이는 조용해졌다.

"야, 하연아!"

강우재였다.

아, 이미지 관리하려고 성 빼는 거 봐라….

"나랑 잠깐 얘기 좀 하자."

강우재는 내 손목을 잡고, 아무도 없는 조용한 계단으로 끌고 가더니 말했다.

"그래서? 정했어?"

"뭘."

"뭐긴 뭐야~ 강석이랑 유성이 중에 누구 더 좋아하는지 정했냐고~"

난 잠시 생각을 했다.

나도 언젠가는 선택을 해야겠지. 둘 다 평생 좋아할 수는 없으니까…. 그리고 만약에, 진짜 만약에, 둘 중에 한 명이 나한테 고백할 수도 있으니까…. 아니, 내가 뭔 생각을 하는 거냐고..!!

"너…… 진짜 둘 다 좋아하는구나. 근데 결국 골라야 하는 사람은 한 명인 거 알지? 아무튼 난 먼저 간다."

계단에는 나 혼자 남았다. 난 잠시 멍해졌다가 정신을 차리고, 강석이랑 유성이가 있는 곳으로 갔다. 가자마자 강석이가 물었다.

"하연아, 형이랑 무슨 말 했어?"

"그냥 시비 걸더라고."

강석이가 웃으며 말했다.

"형이 시비 걸었어?"

"응. 맨날 시비 걸어."

"하연아!"

소라였다.

"응, 소라야 왜?"

"뭐 좀 물어보려고!"

소라가 유성이를 보더니 말했다.

"근데 박유성 너는 하연이랑 있는데 왜 그리 조용히 있냐."

"어쩌라고. 네 알 바 아니잖아."

"유치원 때랑 똑같이 차가워요~"

"추억 회상하지 마라."

소라는 놀리듯이 말했다.

"왜? 내가 너 흑역사라도 말할까 봐?"

유성이는 약간 움찔했다.

"그런 거 없거든?"

"어? 그럼 말해도 되지? 너 어렸을 때 겁 많…"

유성이가 소라의 말을 끊으며 말했다.

"야야, 하지 마!!"

"오, 박유성 너 발성 좋다?"

"네가 내 흑역사 말했으니까 나도 말한다."

"난 흑역사 없는데요~"

"……아, 왜 진짜 생각 안 나냐."

소라는 웃으며 말했다.

"난 흑역사 없다고~"

소라가 나를 향해, 고개를 돌리더니, 말했다.

"하연아! 우리 같은 방 쓰니까 오늘 밤에 박유성 흑역사 다시 얘기해 줄게!"

소라는 그 말을 끝으로 돌아갔다.

"야! 한소라!! 진짜 하지 마라!!"

유성이의 목소리는 그 어느 때보다도 컸다.

……진짜 들키기 싫은 흑역사인가 보네.

"하연아, 한소라 쟤가 오늘 밤에 이상한 말 해도 믿지 마. 쟤 어렸을 때부터 없던 말 짓는 게 특기였어."

"응…. 안 믿을게."

유성이는 내 머리를 쓰다듬으며 말했다.

"착하네."

그때 선생님 말했다.

"얘들아! 다 왔어? 반별로 서서 인원 체크할게!"

"하연아, 좀 이따 봐."

유성이는 그렇게 말하곤 5반 쪽으로 돌아갔다. 선생님은 인원 체크를 했다. 다행히도 안 온 사람은 없어서 바로 출발할 수 있었다. 우리는 차례대로 버스 자리에 앉았다. 난 3번째 줄에 강석이랑 같이, 유성이는 내 뒷자리에 시연이랑 같이.

"얘들아! 다 탄 거 맞지? 마지막으로 인원 체크하고 출발한다! 아, 그리고 경주까지 5시간 정도 걸리니까 알고 있고!"

생각보다 오래 걸리는구나….

선생님이 마지막으로 인원 체크를 하시고, 버스는 출발했다. 그런데 버스가 출발하자마자 난 멀미를 했다.

뭐지? 나 분명 멀미 안 했는데. 아, 머리 아파….

"하연아, 멀미해? 얼굴이 창백한데?"

"응. 조금…."

"눈 감아."

난 눈을 감았다. 그리고 옆에서 누가 살짝 쳤다. 눈을 떠서 옆을 보니, 강석이가 멀미약을 들고 있었다.

"귀 뒤에 붙여."

난 멀미약을 받고 귀 뒤에 붙였다.

"심하기는 한가 보네. 하연이 네가 거절 안 하고 바로 받는 거 보면."

"으응. 조금 심하네…."

"눈 감고 좀 자."

나는 눈을 감았다.

눈을 뜨니 난 강석이의 어깨에 기대 있었다. 난 놀라며 강석이의 어깨에서 머리를 뗐다.
"미, 미안해..!"
"아냐, 괜찮아. 잘 잤어? 멀미는 좀 어때?"
"아, 네가 멀미약 줘서 괜찮아졌어."
강석이는 내 머리를 쓰다듬으며 말했다.
"다행이네."
내 심장이 너무 빨리 뛰었다. 그리고 갑자기 오빠가 했었던 말이 생각 났다. '너… 진짜 둘 다 좋아하는구나. 근데 결국 골라야 하는 사람은 한 명인 거 알지?' ……나도 안다고….
"하연아, 무슨 생각 해?"
"어, 어? 아냐. 아무것도."
"엄청 당황한 것 같아 보이는데?"
"아무것도 아니라고..!"
강석이가 웃으며 말했다.
"그래, 알겠어."
휴…… 근데 유성이는 자는 건가? 조용하네….
난 살짝 고개를 돌려서 유성이를 봤다. 유성이는 창문에 머리를 기대서 자고 있었다. 그런데 자는 게 너무 잘생…, 아니, 느낌이 달랐다.

평소에는 차가운 늑대같이 생겼다면 지금은 눈을 감고 있어서 그런지 순한 강아지처럼 생겼…

아, 강하연 뭔 생각을 하는 거야..!!

그때 옆에서 강석이가 말했다.

"하연아, 젤리 먹을래?"

"어? 젤리 있어?"

강석이가 웃으면서 말했다.

"눈 반짝이는 거 봐라. 잠시만. 나 가방에서 찾아야 해서."

강석이는 가방을 뒤적거렸다.

"어, 여기 있다. 손 줘 봐."

난 강석이한테 손을 내밀었다. 강석이는 가방에 넣었던 자신의 손을 빼고 내 손을 잡은 뒤, 깍지를 꼈다.

"뭐 해..?!"

"손깍지 껴보고 싶었어. …저번에 박유성이랑 너랑 손깍지 낀 거 보고."

난 심장이 너무 빨리 뛰었다. 너무 빨리 뛰어 아플 정도로….

강석이는 내 손을 조몰락거리며 말했다.

"손 진짜 작네."

"소, 손 좀…."

"왜? 손잡으니까 좋은데."

우리 둘 사이에는 정적만이 흘렀다.

"아씨… 나 미쳤나 보다. 미, 미안해."

강석이는 황급히 내 손을 놓고 고개를 돌렸다. 강석이를 슬쩍 보니 귀가 빨개져 있었다.

뭐야, 방금..? 강석이가 잠깐 유성이가 된 것 같았는데?! 유성이랑은 살짝 다른 느낌이기는 했지만…. 그래도..!

그때, 핸드폰으로 메시지 하나가 왔다. 보낸 사람이 시연…이었다.

[시연] 강하연. 강석이랑 유성이 적당히 꼬셔.

……이건 또 뭔 소리지?

[하연] 뭔 소리야

[시연] 너 강석이랑 유성이 꼬시고 있잖아.

[하연] 이상한 소리 하지 마

[시연] 너 강석이 좋아한다며. 근데 유성이도 꼬시면 그건 진심으로 좋아하는 게 아니라, 어장이지.

하… 맞다. 내가 강석이 좋아한다고 솔직하게 말했던 유일한 애가 얘였지…. 뭐라고 보내야 하는 거야..?

[시연] 강하연. 답장해.

[하연] 꼬신 적 없어. 그냥 평소랑 다를 바 없었어.

[시연] 뭐래. 좀 전에 강석이랑 손잡은 거 다 봤는데.

[하연] 내가 잡은 것도 아니고 강석이가 잡은 거잖아. 그래서 한마디로 난 꼬신 적 없지.

[시연] 그럼 유성이는 왜 꼬셨어.

[하연] 꼬신 적 없어.

[시연] 꼬신 적 없으면 유성이는 왜 그런 반응인 건데.

얘 아까부터 뭐라는 거야….

[하연] 너 지금 제정신 아닌가 보다. 난 유성이랑 강석이 꼬신 적도 없고, 둘이 그냥 마음대로 행동한 거야.

난 이내 핸드폰 전원을 끄고 눈을 감았다. 시연이랑은 더 말해도 똑같은 말만 반복할 것 같았으니까…. 난 다시 한번 강석이를 슬쩍 봤다. 아직도 귀가 빨개져 있었다. 원래 이런 애가 좀 전에 손잡고 한 말은 어떻게 한 건지 아직도 모르겠다.

"하연아, 일어나 봐. 휴게소야."

나, 또 잠든 건가..?

다행히 이번에는 강석이 어깨에 기대서 자거나 그러지는 않은 것 같았다.

"깨워 줘서 고마워. 내리자…."

난 강석이랑 같이 버스에서 내렸다. 무의식적으로 버스를 향해 시선을 돌려 보니, 유성이는 아직 창문에 머리를 기대서 자고 있었다.

"……강석아, 나 버스에 뭘 놓고 와서 좀 가지고 올게."

"같이 가 줄까?"

"아냐. 금방 다녀올게."

"응. 조심히 다녀와. 난 먼저 가 있을게."

난 다시 버스에 올라탔다. 버스에는 유성이 1명만 있었다. 난 그런 유성이한테 다가가서 말했다.

"유성아, 휴게소야. 일어나."

"으음…."

"아, 귀여워…."

나도 모르게 귀엽다고 입 밖으로 말해 버렸다. 난 아차 싶어서 내 입을 틀어막았다. 다행히, 아주 다행히도 자느라 못 들은 것 같…

"누가 누구를 귀엽다고 하는 거야."

"뭐야, 깨어 있었어?!"

유성이가 웃으며 말했다.

"왜 그렇게 말을 더듬어?"

"안 더듬었는데..?"

"좀 전도 더듬었는데?"

"돼, 됐고! 얼른 내리자..!"

유성이는 여전히 웃으며 말했다.

"부끄러워?"

"이, 이상한 소리 그만해..!"

난 이내 버스에서 내렸다. 뒤에서는 작게 웃는 소리가 들렸다.

"멀미는 좀 어때?"

정신을 차리니 어느새 유성이는 내 옆에 서 있었다.

"어, 언제 온 거야?"

"너 뒤에 있다가 2초 전에. 그래서 멀미는 좀 어때?"

"아, 한숨 자서 괜찮아."

"다행이네."

잠시 우리 둘 사이에 정적이 흐르다가 유성이가 먼저 말했다.

"편의점 가자. 음료수 사 줄게."

"어? 내가 사 먹어도 되는…"

유성이가 내 말을 끊으며 말했다.

"내가 사 주고 싶어서 사 준다는 거니까 그냥 받아먹어."

"응…."

"아, 나 화낸 거 아니야. 그냥 원래 말투가 좀 날카로워서 그래."

"알아…. 그런데 조금만 부드럽게 얘기해 주면 안 돼..?"

뭐, 뭐라는 거야, 강하연..!!

"네가 듣고 싶다면야. 내가 사 주고 싶어서 사주는 거니까, 주면 좋게 받아줘. ……이 정도면 될까?"

"뭔가 느낌이 확 달라졌다…."

"어느 쪽이 더 설레?"

"난 2…"

잠시만 '어느 쪽이 더 설레?'라고..?!

"아니, 뭔 소리야..!!"

"왜?"

"'어느 쪽이 더 나아?'도 아니고 '어느 쪽이 더 설레?'라니..!!"

"그게 왜?"

아무렇지 않은 척을 하는 거야, 진짜 아무렇지 않은 거야..?

"……진짜 아무렇지도 않은 거야?"

"딱히?"

대단한 자신감이야….

"그래서 어느 쪽이 더 좋아?"

"…하나는 츤데레인 것 같아서 좋고 하나는 다정해서 좋아."

"아~ 한마디로 그냥 나여서 좋다?"

"응, 그렇… 뭔 소리야..!"

유성이가 놀리듯이 말했다.

"'그렇지'라고 말하려던 거 다 들었는데~"

이, 이게 화제 전환이 통할까..?

"……솔직히 말해. 너 나 놀리는 거 맛 들렸지."

"살짝?"

"너무해….."

"미안, 미안. 얼른 편의점 가자."

휴… 다행히 잘 넘어갔다.

우리는 편의점으로 향했다. 난 복숭아 맛이 나는 음료수를 샀다. 유성이는 그 모습을 보더니 혼자 중얼거렸다.

"이건 조강석 말이 진짜였네."

"응? 뭐가 진짜야..?"

유성이가 잠시 조용해지더니 말했다.

"하연이 네가 복숭아 좋아한다는 거."

"아, 응…. 좋아하지."

"나를?"

"응. …응?! 아니, 뭔 소리야!!"

유성이가 웃으며 말했다.

"'응'이라고 한 거 다 들었는데~"

"웃지 마! 그리고 '응'은 무의식중에 나온 거지!!"

"어? 그러면 무의식중에 나 좋아한다는 말 아니야?"

아니, 이건 무슨 변명을 해야 해..?

"그, 그런 거 아니야! 나 먼저 나가 있는다?!"

난 편의점 밖으로 나갔다. 유성이가 내 어깨를 잡으며 말했다.

"미안해. 이제 진짜 적당히 놀릴게."

"응, 제발 적당히 놀려…."

"알겠어. 진짜 적당히만 놀릴게. ……하연아, 너 먼저 버스 가. 난 어디 좀 들렀다 갈 테니까. 찾아갈 수 있지?"

"응. 좀 이따 봐."

유성이는 내 머리를 한번 쓰다듬고 어디론가 갔다. 난 잠시 정신이 멍해졌다가, 이내 버스로 돌아갔다. 그런데 가는 길이 조금, 아니, 많이 헷갈렸다.

"아, 여기 어디야…."

그렇게 중얼거리면서 시간을 봤는데 버스로 돌아가야 하는 시간이 10분 정도밖에 안 남았다. 난 지도까지 보며 길을 찾았다. 여전히 어디인지 감이 오지 않았다. 계속 걷던 중, 누가 내 등을 살짝 쳤다.

"하연아, 여기서 뭐 해?"

강석이었다.

"휴… 다행이다. 나 잠깐 편의점 갔다가 버스 찾고 있는데 길을 좀 헤매서⋯."

"하연아, 넌 진짜 혼자 두면 안 되겠다. 심지어 여기 정반대 방향인데."

"⋯웃지 마."

"큽, 알겠어. 안 웃을게."

"⋯⋯웃음 참는 게 훤히 보이면 퍽이나 믿겠다."

"일단 버스 출발하기 전에 얼른 가자."

난 고개를 끄덕였다.

"길치면 많이 불편하나?"

"당연하지⋯."

"한번 겪어보고 싶네."

"그거 기만이다⋯."

강석이가 웃으며 말했다.

"내가 겪을 수는 없으니까, 길치인 너랑 항상 같이 다닐게."

하, 항상 같이 다닌다고?! 무슨 이런 말을 아무렇지 않게..!!

강석이가 그 말을 한 이후 우리는 아무 말 없이 버스에 도착했다. 자리에 앉자 뒤에 앉아 있던 유성이가 물었다.

"하연아, 왜 이렇게 늦게 왔어?"

"아, 오는 길에 길을 좀 헤매서⋯."

"길치구나."

"⋯맞는 말이어서 반박을 못 하겠네."

"박유성, 하연이 적당히 놀려."

강석이가 거들었다.

"네가 할 말은 아니지 않냐."

놀리는 거는 유성이가 더 많이 놀리는 것 같은데….

"박유성매직, 네가 더 많이 놀리잖아."

"조강석 너는 어떻게 하면 그렇게 눈치가 없을 수 있는 거냐."

"갑자기 뭔 소리야."

"……됐다. 너한테 말 건 내 잘못이다.

강석이는 잠깐 조용해졌다가, 유성이한테 말했다.

"박유성매직. 수련회에서 내기 하나 하실? 만 원 내기."

"겨우 만 원? 할 거면 5만 원으로 해."

"…콜. 진 사람이 이긴 사람한테 별말 없이 바로 5만 원 주기."

"그래서 뭐 내긴데."

"오늘 수련회 일정 중에 담력 체험 있거든? 거기서 소리 안 지르는 사람이 이기는 거. 움찔거리는 것도 포함."

"아, 싫어."

강석이가 코웃음을 치더니 말했다.

"쫄보, 박유성매직은 자신 없나 보다?"

"해. 내기."

유성이 저번에 공포 영화 볼 때도 힘들어 보였는데 담력 체험은 괜찮은 걸까..?

"어? 박유성매직 너 내기 한다고 했다?! 움찔거리거나 소리 지르면 바로 5만 원 줘라!!"

"하… 조강석. 내기 내용 추가해."

"뭔데."

유성이가 잠시 고민하는 듯하다가 말했다.

"내일 밤에 촛불 의식하는 거 있는데, 그때 눈물 고이거나 훌쩍이는 사람이 지는 거. 진 사람이 이긴 사람한테 5만 원."

"싫어."

"아~ 자신 없구나? 하긴 성격만 봐도 맨날 울 것 같은데."

"해. 내기."

"오케이."

"근데 너희 둘이 내기하면 5만 원씩 주고받을 것 같은데..?"

"그래? 누가 무슨 내기 이길 것 같아?"

"담력 체험 내기는 강석이가 이길 것 같고… 촛불의식 내기는 네가 이길 것 같아."

"하연아, 내가 겁 많아 보여?"

"얼굴만 보면 겁 하나도 없게 생겼는데 저번에 공포 영화 볼 때도 너 계속 움찔거…"

유성이가 말을 끊으며 말했다.

"아, 하연아..!! 거기까지만 하자."

난 고개를 끄덕였다.

"하연아, 나도 뭐 좀 물어볼게. 내가 촛불의식 할 때 울 것 같아?"

"응? 너 작년 촛불의식 때도 울…"

강석이도 내 입을 막으며 말했다.

"아!! 하연아, 거기까지..!"

난 고개를 끄덕였다. 그걸 확인한 강석이는 손을 뗐다.

"조강석. 진짜 5만 원 주고받을 수도 있으니까 5만 원 걸고 내기 하나 더 해."

아니, 애네는 돈을 얼마나 챙겨온 거야.

"콜. 근데 내가 너한테 15만 원 받을 것 같은데?"

"봐야 알지."

"그래서 내기 뭐할 건데."

유성이는 강석이의 말이 끝나자마자 날카롭게 말했다.

"밤 세기."

"콜. 먼저 잠든 사람이 지는 거지?"

"당연하지. 진 사람이 이긴 사람한테 5만 원."

"어."

뭔가 분위기가 차가워진 것 같은데….

"너희 둘 다 이제 내기 더 추가하지 마. 그리고 돈을 얼마나 챙겨 온 거야…."

"걱정하지 마, 하연아. 내가 5만 원만 받을 일 없어."

"그 반대겠지. 아~ 조강석 우는 거 직관 재밌겠네."

"아~ 박유성매직 무서워서 소리 지르는 거 직관 재밌겠네."

"너희 둘 다 그만해…."

둘은 조용해졌다. 둘이 싸우다가도 내가 그만하라고 하면 그만하는 모습을 볼 때마다 신기하다.

"하연아, 도착할 때까지 1시간 정도밖에 안 남았으니까 좀 자."

"좀 이따 잠 오면 잘게."

"그래. 그러면…."

강석이는 내 머리를 자신의 어깨에 기대게 했다. 내 심장은 순간적으로 빠르게 뛰었다.

"이러고 있어. 창문에 머리 기대는 것보다 이렇게 있는 게 더 편할 거야."

"…응."

난 10분이 지났는데도 잠이 오지 않았지만, 강석이는 내 머리 위에 기대서 잠들었다. 난 강석이가 깨지 않게 조심히 머리를 뺐다. 그리고… 강석이는 내 어깨에 머리를 기댔다.

심장이… 너무 빨리 뛰었다. 내 마음을 모르는지 강석이는 잘만 자고 있다. 아, 하긴. 아는 것보다 모르는 게 훨씬 낫지만….

"으음…."

강석이의 그런 모습을 보니 심장이 더 빨리 뛰기 시작했다. 난 강석이의 얼굴을 슬쩍 봤다. 곤히 잘 자고 있었다.

……잘 자네. 그런데 유성이는 자나? 조용하네.

난 고개를 돌려서 유성이를 봤다. 그러다 눈이 딱 마주쳤다.

"왜? 내 얼굴 보고 싶었어?"

"이, 이상한 소리 하지 마..!"

유성이가 웃으며 말했다.

"보는 건 네가 본 거잖아."

"…그건 맞긴 한데 네가 '왜? 내 얼굴 보고 싶었어?'라고 하면 당연히 당황하지..!"

"난 당황했냐고 안 물어봤는데?"

난 이내 고개를 돌렸다. 뒤에서는 살짝 웃는 소리가 들렸다.

내 심장이 왜 이래..?

난 심호흡을 했지만 쉽게 진정되지 않았다.

'너… 진짜 둘 다 좋아하는구나. 근데 결국 골라야 하는 사람은 한 명인 거 알지?'

…나도 알아. 너무 잘 알고 있다고. 한 명만 좋아해야 하는 건…….

시간이 꽤 지나고 선생님이 말했다.

"얘들아! 이제 도착 5분 남았다! 옆에 자는 애들 깨워라!"

난 강석이를 깨웠다.

"강석아, 일어나. 도착까지 5분 남았어."

"으음, 더 잘래…."

그런 목소리로 설레게 하지 말라고…….

"얼른 일어나."

강석이는 움찔하면서 깼다.

깜짝아….

"아, 깨워 줘서 고마워. 나 자면서 별말 안 했지?"

"응. 별말 안 했어."

강석이는 기지개를 켜며 말했다.

"으아… 나 얼마나 잔 거야?"

"55분..?"

"은근 많이 잤네. 하연이 너는 안 잤어?"

"아, 나는 잠이 안 와서…."

"자, 애들아! 경주 도착했다! 짐 챙겨서 내려라!"

난 버스에서 내려서 트렁크 쪽으로 갔다. 그리고 캐리어를 내리려는데 강석이가 내 캐리어를 들었다.

"들어 줄게. 가자."

"어? 아니, 나 괜찮…"

강석이가 내 말을 끊으며 말했다.

"내가 들어 주고 싶어서 들어 주는 거다."

나랑 강석이는 숙소 앞에 도착했다. 선생님은 인원 체크를 하시고 말했다.

"이제 방에 짐 놓고 바닷가 앞으로 나와라!"

애들이 다 "네!"라고 대답했다. 난 같은 방을 쓰는 애들과 같이 방에 갔다. 떠들면서 짐 정리하는 애들과 달리 나는 그냥 조용히 짐 정리를 하고 있었는데 소라가 내 옆으로 와서 말했다.

"하연아! 바닷가에서 수영할 거야??"

"아, 난 수영을 못해서…."

"어? 나도 수영 안 하려 했는데! 같이 있자!"

"응, 그래."

우리 6명은 짐 정리를 다 하고 바닷가로 향했다.

이미 바닷가에는 익숙한 얼굴들이 많이 보였다. 일단 대표적으로 강석이랑 유성이가 보였다. 물 안에서 서로 물장구를 치고… 아니, 그냥 물로 싸우고 있는 것처럼 보였다.

"조강석! 적당히 하라고!!"

"박유성매직, 너 물 무서워하는구나."

"네가 먼저 싸움 걸었어."

목소리가 얼마나 큰지 물에 들어가지 않은 나한테까지도 목소리가 또렷하게 들렸다. 난 그 모습을 보고 있었는데 옆에서 소라가 웃으며 말했다.

"박유성이랑 강석이 재밌게 노네."

"살짝 싸우는 것처럼 보이지 않아..? 말려야 하나…."

"다치지는 않을 것 같으니까 그냥 둬도 될 거 같은데??"

그렇겠지..? 설마 다치겠어….

그 이후로 나랑 소라는 계속 얘기를 했다. 그리고 선생님이 숙소로 들어가라고 하셔서 다들 방으로 돌아갔다. 각자 자유 시간을 보내고 있었는데 서연이가 말했다.

"얘들아, 이제 슬슬 저녁 먹으러 가자! 우리 아래에서 고기 파티 한대!"

"어? 진짜?! 우리 학교 폼 미쳤다!"

"그게 뭐야!"

예서가 신난 듯이 말했다.

"아니, 솔직히 학교에서 고기 먹는 학교가 어딨어?"

"아, 맞다. 예서 너는 작년 가을에 전학 와서 모르겠구나."

"응? 뭐가??"

"우리 학교는 1학년 때부터 수련회나 수학여행 가면 첫날은 항상 고기 먹었어!"

"헐! 유화중 전학 오기 진짜 잘했다!"

지우가 웃으며 말했다.

"너무 좋아하는 거 아니야?"

"나도 모르게 너무 신났네. 근데 진짜 대박이다!"

"유화중 예산이 좀 빵빵하긴 해~ 이제 진짜 내려가자!"

나를 포함한 6명은 바비큐장으로 내려갔다. 이미 애들은 많이 있었다. 저녁 먹는 건 자유롭게 모여서 먹는 거여서 그런지 모르는 사람도 많이 보였다. 그런데도 난 강석이랑 유성이 2명만 보였다. 그러다 강석이랑 눈이 마주쳤다. 강석이는 고기를 굽던 집게를 다른 애한테 건네주고 걸어왔다.

"고기 구워 줄게. 가자."

"어, 진짜?"

강석이가 웃으며 말했다.

"되게 좋아하네. 가자."

난 강석이를 따라갔다.

"고기 굽기 어느 정도로 원하세요? 손님?"

강석이의 모습에 난 웃으며 말했다.

"아, 연기 잘하네. 사장님 저 미디엄 레어로 부탁드릴게요."

"조강석, 나도 미디엄 레어로."

"뭐야, 박유성. 너는 네가 알아서 구워 먹어."

유성이는 강석이의 말을 가볍게 무시하고 내 옆에 앉으며 말했다.

"아까 바닷가에서 한소라랑 무슨 말 했어?"

"뭐야? 본 거야?"

"응. 어쩌다 보니. 그래서 무슨 말 했어?"

"그냥 초등학생 때 얘기..?"

"나도 상원초였으면 좋았을 텐데."

"내가 나온 초를 네가 어떻게 알아..?"

잠시 정적이 흘렀다.

"아, 그냥 유화중 주변에 상원초밖에 없잖아."

"아, 그랬었지."

유성이는 무언가를 더 말하려고 하는데 강석이가 고기를 올린 접시를 내밀며 말했다.

"하연아, 다 구웠어. 먹어. 박유성매직, 너는 네가 알아서 먹어라."

"아, 치사하네."

"그럼 너도 내 거 구워 주던지."

"······내가 구워 먹을게."

유성이는 자리에서 일어났다.

"하연아, 고기 더 구워 줄까?"

"아냐. 괜찮아."

유성이는 고개를 끄덕이고 고기를 굽기 시작했다. 유성이가 가자마자 강석이는 내 옆에 앉았다. 난 강석이가 구워 준 고기를 한 입 베어 물었다.

"강석아, 너 고기 왜 이렇게 잘 구웠어?"

"나? 그냥 고기 구울 때마다 내가 구워서?"

"아, 그래서 잘 굽는 거야?"

강석이는 웃으며 말했다.

"응. 먹고 놀랐어?"

"살짝..?"

"많이 구워 줄게."

"진짜지?"

"난 뱉은 말은 지켜."

난 고개를 끄덕이고 마저 고기를 먹었다. 곧이어 유성이도 왔다. 그리고 내 앞에 마주 앉았다.

"어? 고기 왜 이렇게 많이 구웠어?"

"아, 그냥 넉넉히 구워 왔어. 너도 먹어도 돼."

"어? 알겠어."

"하연아, 좀 먹고 있어 봐. 나 어디 좀 다녀올게."

"어? 응. 다녀와."

유성이는 내 머리를 한번 쓰다듬고 어디론가 갔다.

어디 가는 거지?

"하연아, 조금 있다가 담력 체험 어떨 것 같아?"

"담력 체험? 음… 딱히 안 무서울 것 같은데?"

"하긴. 너는 공포 영화도 안 무서워하니까."

"그렇지."

"담력 체험 내기 내가 이길 것 같아?"

난 잠시 고민을 하다가, 말했다.

"담력 체험은 네가 이길 것 같아."

"진짜? 나 너한테 그런 이미지였어?"

"워낙에 오랫동안 봤잖아."

"그렇…지. 10년 동안 봤으니까."

어째서인지 강석이는 살짝 조용해진 것 같았다.

기분 탓이겠지..?

"아, 차가!"

난 놀라며 옆을 봤다. 유성이가 내 볼에 차가운 음료수를 댄 거였다. 유성이가 살짝 웃으며 말했다.

"하연아, 음료수랑 같이 먹어."

"아, 어디 다녀온다는 게 음료수 사러 갔다 온다는 거였어..?"

"응. 너 이 음료수 되게 자주 먹잖아."

"아, 고마워. 이제 너도 먹어."

우리 셋은 고기를 먹으며 계속 얘기를 했다. 강석이랑 유성이가 투닥거리기도 하고 다 같이 얘기도 하며 나름 즐거운 저녁 시간을 보냈다.

고기 파티가 끝나고 다들 방으로 들어갔다.

각자 자유 시간을 보내다가 지우, 예서, 소라, 서연이가 하는 말 중에 한 마디가 귀에 박혔다.

"우리 담력 체험하기 전까지 진실게임 하지 않을래?"

이, 이건 절대 하면 안 된다….

난 조용히 자리에서 일어나 방을 나가려는데 지우가 말했다.

"하연아, 어디 가? 진실게임 하자!"

"아, 난 나가 있을 테니까 너희끼리 해."

"하연이 너만 빠지는 게 어딨어~ 같이 하자!"

"그래~ 한 명이라도 빠지면 재미가 없잖아~"

난 정말 하기 싫었지만 5명을 이길 수는 없었다. 그래서 난 결국….

"아, 알겠어. 하면 되잖아…….."

"아싸!! 하연이한테 질문 완전 많이 해야지!"

하, 망했다….

"나 먼저 하연이한테 질문할래!!"

…벌써부터 불안하다.

"하연아, 너 진짜 유성이랑 강석이 중에 누구랑 사귀고 있는… 아! 아니다. 이거 말고! 하연이 너… 유성이랑 강석이 중에 진짜 누구 좋아하는 거야??"

얘네 앞에서 둘 다 좋아한다고 어떻게 말하냐고..!!

"둘 다 안 좋아해. 그냥 친구들…."

"하연아, 잊으면 안 되는 거 알지? 이거 진실게임이다??"

"아, 아니…."

솔직히 말해도 될까..? ……아무리 생각해도 안 될 것 같아..!

"뭐, 가끔…, 진짜 가끔은 설렐 때 있긴 한데, 좋아하는 건 아니야…."

애들이 꺅꺅거렸다.

하, 설렌다는 말도 하지 말고 그냥 아무 감정 없는 친구라고 할걸…….

"가끔 설레기는 하면 그건 그냥 좋아하는 거야!"

"네가 강석이나 유성이 좋아한다는 소문이 사실이었던 거냐고~"

"헛소문이라고..! 그리고 살면서 한 번쯤은 남사친들한테 설렐 수 있는 거잖아..!!"

"내 주변에는 그런 애 없던데?"

"맞아, 하연아. 아, 그리고 진실게임 질문으로 물어볼게! 만약에 유성이랑 강석이가 동시에 고백하면 누구랑 사귈 거야??"

난 잠깐 멈칫했다.

"그게 뭔 소리야..! 그리고 그런 일이 현실에서 일어날 리가 있겠냐고…."

"흠… 걔네 둘이라면 가능해."

"내 생각도!"

나를 뺀 나머지가 다 동의를 했다.

"그만 말하고 진실게임 마저 하자…."

아직 진실게임을 한 지 5분도 안 됐는데, 체감상 5시간은 한 것 같은 기분이었다.

"자자, 다음 수연이 질문해!"

"난 하연이한테 질문할게. 하연아, 단도직입적으로 물어볼게. 너 진짜 강석이, 유성이 둘 다 좋아하는 거야?"

수연이의 말투는 어째서인지 조금 공격적인 것 같았다.

그래도 솔직하게 말하는 건 절대 안 돼….

"아니, 둘 다 안 좋아한다니까?"

"아무리 봐도 아닌 것 같은데."

"에이~ 수연아, 안 좋아한다잖아~ 다음 내 차례 맞지??"

서연이가 잠시 고민하더니 곧 웃으면서 말했다.

"어떻게 보면 하연이랑 관련됐는데 하연이는 대답 안 해도 되는 질문 할게!"

그런 질문이 있다고..?

"강석이랑 유성이 중에 하연이랑 더 잘 어울리는 사람!"

아, 이런 질문이구나….

"난 개인적으로 강석이."

"그런가? 난 유성이랑 하연이! 둘 다 성격 조용조용해서 잘 어울리는 것 같아!"

"난 반대! 조용한 여주, 하연이랑 밝은 남주, 강석이!"

"난 둘 다 잘 어울리는 것 같아! 강석이랑 하연이는 편한 느낌이어서 잘 어울리고 박유성이랑 하연이는 살짝 진중한 느낌? 같아서 잘 어울려!"

"난 강석이랑 하연이! 둘이 오랫동안 친구인 만큼 서로 잘 알고 배려해 줄 것 같아!"

그때 안내 방송이 나왔다.

"유화중학교 학생 여러분. 곧이어, 담력 체험이 있을 예정입니다. 한 명도 빠지지 말고, 모두 숙소 앞으로 10분 안에 나와 주시길 바랍니다."

드디어… 담력 체험이다. 어차피 난 겁이 없어서 괜찮긴 하지만, 유성이의 반응이 궁금해서 내심 이 시간만 기다리고 있었다. 밖으로 나가자 선생님이 인원 체크를 하셨다.

담력 체험을 가는 모둠은 자유였기 때문에 강석이, 유성이, 나. 이렇게 셋이서 가기로 했다. 담력 체험 코스는 정상까지 올라가서 도장을 찍고 다시 내려오는… 그런 간단한 코스였다.

정상까지 가는 길이 평범하지 않다는 건 잘 알고 있었다. 가파른 경사와 귀신으로 분장한 쌤들.

"오케이! 조도 다 짰으니까 예서네 조부터 출발!"

출발하는 순서는 뽑기로 하는 거였다. 우리는 맨 마지막 순서였다. 그리고 한 모둠이 출발한 지 2분이 됐을 때 다음 모둠도 출발하는 방식이었다.

정상을 갔다가 내려온 애들의 반응은 다양했다. 아무렇지도 않은 반응, 무서워서 얼굴이 창백해진 반응, 무섭다고 난리를 치는 반응 등. 그리고 정상을 오르는 길에 무서워서 끝까지 못 가고 내려온 모둠들도 내 예상보다 훨씬 더 많이 있었다.

약 30분이 지나고 드디어, 우리가 출발할 차례가 되었다.

"드디어 마지막 하연이네 조! 잘 다녀와~"

"네."

출발과 동시에 강석이가 비웃으며 말했다.

"박유성매직. 네가 맨 뒤에 서라."

"싫어. 내가 왜."

"겁먹었나 보네?"

"…하연아, 내 앞에 서."

그렇게 난 자연스럽게 가운데 선 구도가 되었다. 산을 오르기 시작하자마자 뒤에서 유성이의 혼잣말이 들렸다.

"하, 내기도 있는데……."

난 유성이의 혼잣말을 들었지만 강석이는 못 들은 듯했다. 걷고 있는데 갑자기 유성이가 내 손을 잡았다. 난 살짝 움찔했다. 그리고 유성이가 나만 들릴 정도로 중얼거렸다.

"손 좀… 잡고 있을게."

그렇게 말하는 유성이의 손은 심하게 떨리고 있었다. 난 차마 유성이의 손을 놓을 수 없었다.

"하연아, 안 무서워?"

"나는 딱히 무섭지는 않은 것 같은데..?"

강석이가 웃으며 말했다.

"그럼 됐고."

강석이가 유성이를 놀리듯이 말했다.

"그런데 겁 잔뜩 먹으신 박유성매직 씨는 조용하시네~ 보나 마나 내기는 내가 이기겠구먼?"

"뭐래!! 겁 안 먹었거든? 그냥 피곤해서 그렇다."

"그럼 말은 왜 더듬으실까요?"

"안 더듬었거든. 얼른 가기나 해."

우리는 마저 걸어가고 있는데 귀신이 풀숲에서 소리를 지르면서 튀어나왔다. 그 순간, 내 손을 잡고 있던 유성이의 손에 힘이 들어갔다.

"한문쌤. 고생이 많으십니다."

"아이고, 강석이는 겁도 없네. 다른 애들은 보고 소리 지르면서 뛰어가던데."

"애들이 다 겁 많아서 그래요~ 이제 우리가 마지막 조니까, 이제 좀 쉬세요."

"그래, 잘 가라."

우리는 다시 출발했다.

"박유성매직. 자리 바꿔. 생각해 보니까 네가 뒤에 있으면 움찔거리는지 확인 못 하잖아."

"…움찔거린 적 없어. 그리고 앞보다 뒤가 편해."

"그러면 하연이 맨 앞에서 가라고 하고 너랑 내가 하연이 뒤에 나란히 서서 가던가."

"네 옆에 1초도 있기 싫어."

"아, 박유성매직, 너 자신 없구나?"

"…조강석. 너 당장 뒤로 와."

강석이는 내 뒤로 오더니 유성이 옆에 섰다. 유성이는 강석이가 내 뒤로 오기 전에 내 손을 놨다.

아… 손잡아서 좋았… 아니, 내가 또 무슨 생각을 하는 거냐고..!

"하… 붙기 진짜 싫어."

"붙기 싫은 것보다 나한테 5만 원 주는 게 더 싫은 거 아니냐?"

"…너 내일 촛불의식 때 보자."

"예예~ 내가 잘도 울겠다."

작년에도 울었으면서…….

그때 유성이가 물었다.

"하연아, 근데 너 진짜 하나도 안 무서운 거야?"

"응. 나는 진짜 하나도 안 무서운데? 너 무서워?"

"내, 내가 이런 담력 체험을 왜 무서워해..!!"

그 순간 풀숲에서 바스락거리는 소리가 들렸다.

"어? 박유성매직 너 좀 전에 움찔했다?! 5만 원 내놔!!"

"이, 이건 무서워서가 아니라 소리 때문에 그런 거잖아!!"

"그게 뭔 상관인데!! 아무튼 소리 듣고 놀라서 움찔거린 거잖아!"

"나 원래 청각 예민해서 그렇다고!!"

"아무튼!! 얼른 5만 원 내놔."

유성이가 깊은 한숨을 쉬고 말했다.

"좀 이따 방에서 줄게…."

"아싸, 5만 원!"

"……너 진짜 내일 촛불의식 때 보자."

바스락거리는 소리에도 놀랄 수가 있구나….

우리는 계속 정상을 향해서 걸었다. 그런데 저 멀리서 비명 지르는 소리가 점점 가까워지더니 눈 깜짝할 사이에 여자애들 8명이 우리를 지나쳐 뛰어갔다.

뭐, 뭐지..?!

"뭐야, 쟤네."

"그러게….."

"그 와중에 박유성매직 언 거 봐라."

"안 얼었어!! 됐고. 어, 얼른 가기나 해."

　가는 길에 중간중간 풀숲에서 바스락거리는 소리도 나고, 선생님들이 나와서 놀래키기도 했다. 나랑 강석이는 별 반응 없었지만 유성이는 계속 움찔거렸다. 내 눈으로 유성이가 움찔거리는 걸 보지는 못했지만, 유성이 옆에 서 있는 강석이가 계속 유성이를 놀려서 유성이가 계속 움찔거렸다는 걸 알았다. 그리고 곧 정상에 도착했다. 올라가자마자 보인 건 다름 아닌 허름한 오두막이었다. 누가 봐도 안에 도장이 있을 것 같았다.

"박유성매직. 문 네가 열어."

"아, 싫어. 네가 열어."

"또 겁먹었나 보네?"

"……열면 되잖아."

　유성이는 오두막 문 앞에서 잠시 망설이더니 문을 열었다. 아니나 다를까, 문을 열자마자 얼굴 없는 귀신으로 분장한 선생님이 소리를 지르며 달려왔다.

"악!!"

　유성이는 뒤로 넘어졌다. 강석이가 웃으며 말했다.

"박유성 목소리 진짜 크네."

"조강석. 조용히 좀 해……."

　유성이의 귀는 밤이어도 불구하고 한눈에 봐도 알 정도로 빨개져 있었다. 난 선생님께 얼른 말했다.

"아, 쌤. 우리 얼른 도장 찍어 주세요..!"

"아이고야… 하연이랑 강석이는 진짜 눈 하나 깜짝 안 하데이. 그래도 유성이는 소리 빽 지르면서 자빠지는 거 내가 똑똑히 봤다 아이가~"

선생님이 웃으며 말했다.

"유성아, 니가 이래 겁 많은 줄 오늘 첨 알았다 아이가."

아, 맞다. 이 쌤 유성이네 담임쌤이셨지?

"쌔, 쌤, 그만 놀리시고 도장 찍어 주세요…."

"됐다 됐다. 안 놀린다~ 도장도 줄게~ 인자 그만 뒹굴고, 슬슬 일어나 봐라. 바닥이 니 집 아이거든?"

"쌤 안 놀린다면서요..!!"

"아이고 유성아~ 니 혹시 좋아하는 애 앞이라가 부끄럽나? 아이구 세상에~ 귀 빨개진 거 좀 봐라~"

예..? 쌤, 무슨 말이에요? '너 혹시 좋아하는 애 앞이라서 부끄럽냐' 라고요? 유성이가 저를요..?

"아, 쌤!!"

선생님은 도장을 찍으며 말했다.

"어이구야, 조심히 가라. 하연이도 처다보고 있다잉? 근데 니 진짜 귀 빨개진 거 실화가? 근데 고백은 입으로 하는 거데~"

"쌤, 진짜 그만하세요……."

"어이구~ 더 하면 내가 죽겠네. 안 놀릴 테니까, 가레이."

우리는 산에서 내려가려는데 마지막으로 쌤이 말했다.

"유성아! 괜찮다!! 첫사랑은 원래 그렇게 망치면서 크는 기라~"

유성이는 애써 무시한 듯했다. 유성이를 슬쩍 보니 목이랑 귀가 빨개져 있었다. 그때 옆에서 강석이가 물었다.

"하연아, 담력 체험 어땠어?"

"음… 산 오르느라 힘든 거 빼고는 괜찮았어."

"역시 저질체력!"

"이렇게 태어난 걸 어쩌라고…."

"장난이야, 장난."

"됐고. 얼른 내려가기나 해."

산 아래로 내려가자 사람들의 이목이 우리한테 쏠렸다.

난 언제쯤 이런 이목이 익숙해질까….

"너희도 왔어? 너희는 도장 찍고 왔니?"

강석이가 웃으며 말했다.

"네. 잘 찍고 왔죠~ 박유성매직 넘어지…"

유성이가 강석이의 입을 막으며 말했다.

"네. 스탬프 찍고 왔어요. 이제 들어가도 되는 거예요?"

"어? 아, 그래! 벌써 12시다! 다들 방으로 돌아가도록!"

애들이 하나둘씩 방으로 들어갔다. 나도 애들을 따라서 방으로 들어갔다. 방에 들어가자마자 소란스러워졌다.

"하연아!! 아까 담력 체험 때 재밌는 일 없었어? 아까 강석이가 뭐 말하려고 하니까 박유성이 강석이 입 막았잖아!"

"어? 아니, 그냥….”

사실대로 말했다가는 유성이 이미지가….

"그냥 유성이가 걸어가다가 돌 밟고 넘어져서 그래."

소라가 웃으며 말했다.

"헐! 박유성이 진짜 그랬다고?! 내일 실컷 놀려야지~"

소라가 생각보다 유성이 놀리기에 진심이구나….

"근데 얘들아! 우리 밤 세지 않을래?"

"수련회 첫날부터??"

"응! 어차피 내일 12시 전에만 집합하면 되잖아!"

"뭐… 그래!! 밤 세보자!"

"하연아, 너도 당연히 같이 셀 거지?"

다른 애들이 다 동의해서 난 하는 수 없이 알겠다고 했다.

하…… 나 밤 세는 거 진짜 자신 없는데….

"얘들아, 우리 더 늦기 전에 쪽팔려 할래?"

"그게 뭐야? 처음 들어 보는데."

"헐… 쪽팔려를 몰라? 그냥 가위바위보 해서 진 사람이 이긴 애가 말하는 행동 하는 거야. 그게 뭐든지! 전화 고백이나 춤추는 그런 거?"

"오, 재밌겠다! 하자, 하자!"

"아… 나 안 하면 안 돼?"

"하연이 너만 빠지는 게 어딨어~ 같이 하자!"

정말 하기 싫었지만 5명을 이길 수는 없었다.

"알겠어. 하면 될 거 아니야…."

"오케이! 그럼 시작한다!"

우리는 가위바위보를 했다. 처음부터… 내가 졌다.

하, 망했다…….

"오! 하연이가 졌네?"

"어? 처음부터 재밌는 사람 걸렸다!! 얘들아! 하연이 뭐 시킬래?"

"유성이나 강석이한테 전화 고백하기?"

자, 잠시만! 전화 고백이라고?!

"오, 재밌겠다! 유성이로 할까, 강석이로 할까?"

이런 악마들..!

"흠, 유성이랑 만난 지가 얼마 안 됐으니까 유성이한테 전화 고백하는 게 더 재밌을 것 같은데?"

"콜콜!! 완전 재밌겠다! 하연아, 유성이한테 스피커폰으로 전화 고백하는 거로 가자!"

"지, 진짜 해야 해..?"

"당연하지!"

난 한숨을 쉬며 유성이한테 전화를 걸었다. 전화를 건 지 3초도 안 됐는데, 전화를 받았다.

"응, 하연아 왜?"

"그… 지금 스피커폰으로 안 돼 있지..?"

"응. 왜?"

난 한 번 심호흡하고 말을 이었다.

"유성아, 나 너 좋아해."

애들이 소리 없이 난리를 쳤다.
잠시 정적이 흐르다가 유성이가 말했다.
"하연아, 혹시 애들이랑 게임 하다가 네가 져서 전화 고백하는 그런 거야?"
"어, 어떻게 알았어..?!"
"나 눈치 빠르다니까?"
잠시 정적이 흘렀다. 그러다가 유성이가 말했다.
"내일 봐."
그렇게 전화가 끊겼다.
"뭐야?! 유성이 눈치 왜 이렇게 빨라?!"
"그, 그러게…."
우리는 그 이후로도 한참 동안 쪽팔려, 진실게임 등을 하며 시간을 보냈다. 약 3시간 정도가 흐르고, 소라랑 나를 제외한 다른 애들이 다 잠들었다. 사실 나도 잠들려 했는데, 소라가 계속 깨워서 이태까지 자지 못했다.
"이제야 다 잠들었네. 하연아, 이제 둘밖에 안 남았으니까…."
소라가 웃으며 말했다.

"박유성 흑역사 털어 줄게!"

아, 이래서 계속 깨운 거구나.

"어… 내가 들어도 되는 거야?"

"뭐 어때? 나 박유성 흑역사 많이 알거든!"

난 유성이의 과거가 궁금해졌다.

"…해 줘."

소라가 웃으며 말했다.

"오케이! 일단 아침에 말하려다가, 박유성이 못 말하게 한 것부터! 걔 어렸을 때, 겁 진짜 많아서 자주 울었다??"

"울었…다고..?"

"응! 근데 대놓고 울지는 않고 눈물 고이는데 참는? 직관 재밌었는데! 지금은 그 모습 못 봐서 아쉽네~"

어렸을 때는 울 정도로 겁이 많았구나…. 예전에 비하면 많이 나아진 거였어….

"아! 이건 흑역사는 아닌데 박유성 어렸을 때 성격!"

"응? 아까 아침에 말하지 않았어?"

"맞긴 한데, 더 자세히 알려 주려고!"

난 유성이의 어렸을 때 성격이 궁금해졌다.

"알려 줘."

소라가 웃으면서 말하기 시작했다.

"박유성이 어렸을 때는 말이야! 진~~짜 차가웠어. 그래서 인기 많았어! 여자애들한테 장난 안 치고 조용하다는 이유로~"

"아, 그래..? 지금이랑 비슷하네…."

"맞아, 달라진 게 없어!"

유성이는 어렸을 때부터 그랬구나.

소라가 웃으며 말했다.

"이제 다시 흑역사 얘기할게! 이게 제일 대박!!"

"뭐길래 그래?"

소라는 웃으며 말했다.

"나 걔랑 작년에 잠깐 같은 학원 다녔었는데, 수업 시간에 걔 맨 뒷자리에서 자고 있었거든? 그래서 쌤이 박유성 앞에 앉아 있던 애한테 박유성 깨우라고 했는데, 깨우니까 벌떡 일어나면서 '오는 길에 앞에 사고가 나서 늦었습니다!'라고 엄청 크게 말해서 진짜 웃겼었는데!"

난 소라의 말을 듣고 웃으며 말했다.

"어? 유성이가 진짜 그랬다고?!"

"응! 작년에!"

"또 기억나는 유성이 흑역사 있어?"

"하연이 너 이제 즐기는구나?"

난 살짝 뜨끔했다.

"그만하고 자자…."

"하연아, 우리 마지막으로 자기 전에 내기 하나 할래??"

"내기..?"

"응! 지금 강석이나 박유성한테 전화해서 받는다, 안 받는다로!"

둘이 오늘 밤 세기 내기한다고 하지 않았나? 그러면 내가 거의 확정으로 이기는 건데….

"내기면 보상이 있어야겠지?? 음… 내일 첨성대 가서 진 사람이 이긴 사람한테 무슨 간식이든 사 달라는 거 다 사 주기!"

"어? 소라야, 그 말 진짜지?"

"하연이 너 자신 있나 보다??"

없을 리가 있나..?

"그럼 전화는 소라 네가 거는 거 맞지?"

"아니?? 하연이 네가 걸어야지!"

"나 왜..?"

"박유성은 나 싫어하고 너는 안 싫어하잖아! 강석이도 마찬가지고! 아마 내가 박유성한테 전화 걸면 걔 바로 끊을걸?"

"그럼 내가 걸어야 한다는 거지..?"

"응!"

"강석이랑 유성이 중에 누구한테 걸어?"

"음….''

소라는 잠시 고민하다가 말했다.

"아까 박유성한테 전화했으니까 지금은 강석이?"

"…알겠어."

난 핸드폰을 켜서 강석이의 번호를 찾고 전화를 걸었다. 전화를 건 지 3초도 안 됐는데 전화를 받았다.

"응. 하연아, 무슨 일이야?"

"안 자고 있었어?"

"아, 박유성매직이랑 아직 내기 결과 안 정해져서."

난 시간을 보고 말했다.

"지금 4시 넘었는데?"

"아까 버스에서 자서 괜찮아. 그리고 보나 마나 이 내기도 내가 이길 것 같고."

"뭐야, 조강석? 하연이야?"

핸드폰 너머로 유성이의 목소리가 들렸다.

"박유성매직, 넌 신경 꺼."

"하연이 맞나 보네. 무슨 일이래?"

"어? 그러게? 하연아, 무슨 일로 전화했어?"

사실대로 말해도 되겠지..?

"그… 소라랑 내기했거든."

"어? 소라랑? 뭔 내기?"

"지금 전화했을 때 전화 받는지, 안 받는지로."

잠시 조용해졌다가, 강석이가 말을 이었다.

"아, 그래? 그럼 전화 받았으니까 네가 이긴 거야?"

"응, 맞아..!"

"혹시 뭐 걸고 내기했어?"

"응? 내일 첨성대 가서 간식 사 주는 거..!"

"오, 그럼 나랑 박유성매직 덕분이네?"

"그렇지..?"

"하연아, 고맙다는 인사 대신에 내일 간식 받아서 나눠 줘."
갑자기 유성이의 목소리가 들렸다.

"박유성매직, 넌 그냥 조용히 하고 있어. 하연이랑 전화하고 있는데 괜히 사이에 끼지 말고."

"어쩌라고."

"왜 또 시비냐."

"네가 먼저 걸었잖아."

"둘 다 그만해 봐..!"

둘은 조용해졌다.

"알겠어, 내일 간식 받아서 나눠 줄게."

"진짜지? 그럼 내일 봐. 잘 자고."

"박유성매직. 내 대사 뺏지 마. 아무튼 하연아, 내일 봐."

전화가 끊어졌다.

"아니, 지금 새벽 4시 맞는데? 어떻게 하면 전화 건 지 5초도 안 돼서 받는 거야..?"

"그러게."

새벽이어서 내기 눈치 못 챘나 보다…. 다행이다.

"아무튼 약속은 약속이니까 내일 간식 사 줄게…."

"간식 뭐든지 사 준다고 했지?"

"이 불안한 느낌은 뭐지..?"

"비싼 건 안 사줘도 되고 그냥 3명분 거 사 주면 돼."

"그게 더 비쌀 것 같은데…."

난 약간 뜨끔했다.

"아무튼 사 주는 거 맞지?"

"알겠어…. 근데 혹시 내일 첨성대에서 너랑 강석이랑 박유성이랑 같이 다녀도 돼??"

"나야 괜찮긴 한데… 너 유성이 싫어하는 거 아니었어? 맨날 유성이만 성 붙이고 부르던데..?"

"큼, 싫어하기는 한데 박유성이랑 너랑 강석이랑 꽁냥거리는 거 보고 싶어서!"

"아, 그렇… 응? 그게 뭔 소리야..!!"

소라가 웃으면서 말했다.

"하연이 너 좀 전에 '그렇구나'라고 하려던 거 다 들었는데~ 그럼 꽁냥거린다는 거 맞지??"

"졸려서 그래..!!"

"그러시구나~ 이제 자자!"

곧 나랑 소라도 잠들었다.

"하연아, 일어나 봐."

강석이..? …강석이?!

난 눈이 번쩍 뜨였다. 일어나자마자 애들이 웃으면서 말했다.

"하연아, 강석이한테 전화 왔다."

"여보세요..?"

"…말 왜 그렇게 더듬어?"

"아, 그냥 일어나자마자 너 목소리 들려서…."

강석이가 잠시 조용해졌다가 다시 말을 이었다.

"한마디로 아침부터 내 목소리 들어서 설레서 그랬다는 거 맞지?"

뭐지?! 분명 강석이 맞는데..? 근데 왜 유성이 같지..?!

애들이 꺅꺅거렸다.

"아침부터 뭔 소리야..!!"

강석이가 웃으며 말했다.

"농담이야, 농담. 좀 이따 버스에서 보자."

아, 맞다. 내기 어떻게 된 거지..?

"잠시만..!"

"왜?"

"그… 내기는 어떻게 됐어?"

"내기는 당연히 내가 이겼지."

갑자기 유성이의 목소리가 들렸다.

"아, 깜짝아. 박유성매직. 갑자기 뒤에서 나타나지 좀 마."

"나타나는 건 내 마음이지. 네가 준 5만 원 잘~ 쓴다?"

"…지는 어제 담력 체험하면서 쌤 보고 넘…"

"야야!! 하지 마! 하연아, 좀 이따 보자!"

유성이의 다급한 목소리가 들리고 전화가 끊어졌다. 방이 잠시 조용해졌다가 다시 시끄러워졌다.

"와, 하연아!! 유성이랑 강석이 대박이다!"

"그러게! 강석이가 '아침부터 내 목소리 들어서 설레서 그랬다는 거 맞지?'라고 할지는 몰랐어!"

"나도 놀랐어…."

"하긴. 하연이가 제일 놀라긴 했겠네!"

"그만 놀려…."

예서가 웃으며 말했다.

"하연이 반응 너무 재밌어~"

"…너무해."

"미안, 미안~ 이제 도시락 받으러 갈까?"

다들 동의했다. 6명 모두 다 도시락을 받아오고 먹기 시작했다. 그리고 자유 시간을 즐기고 있는데 곧 방송이 나왔다.

"유화중학교 학생 여러분, 이제 첨성대로 출발 예정이니, 30분 안에 모두 숙소 앞으로 나와 주세요."

우리는 준비를 하고 숙소 앞으로 나갔다. 나가자마자 강석이랑 눈이 마주쳤다. 강석이가 내 쪽으로 걸어왔다.

"잘 잤어?"

"어? 응…. 잘 잤지."

"오늘 아침에 놀랐어? 미안."

"아, 괘, 괜찮아…. 근데 놀라기는 했지."

"…미안해. 다음부터는 '설레서 그랬다는 거 맞지?' 이런 말 안 할게."

"그래. 제발 하지 마…."

듣고 있다가는 심장 터질 것 같다고….

"하연아, 잘 잤어?"

갑자기 유성이가 내 뒤에서 나타났다.

"까, 깜짝아! 언제 왔어..?"

"좀 전에. 근데 너 겉옷 안 입고 반팔만 입고 온 거야?"

"응. 왜?"

유성이가 겉옷을 벗고 나한테 주며 말했다.

"입고 있어. 버스 안에 있다 보면 추워."

"그러는 너는..? 너도 반팔…이잖아."

"난 몸에 열이 많아서 괜찮아. 그러니까 너 입어."

"어? 아니, 나 괜찮…"

유성이가 내 말을 끊으며 말했다.

"내가 안 괜찮으니까 입으라고."

"응…."

난 손에 들고 있던 유성이의 옷을 입었다. 입을 때마다 드는 생각이지만, 유성이의 체격은 생각보다 훨씬 더 큰 것 같았다. 유성이의 옷 길이가 내 허벅지까지 내려왔다.

유성이가 웃으며 말했다.

"하연아, 너 진짜 작구나? 내 겉옷이 너 허벅지까지 내려오는데?"

"……틀린 말이 아니어서 반박을 못 하겠네…."

"너 작은 건 사실이니까."

난 유성이의 등을 때리며 말했다.

"적당히 말해!"

"미안, 미안. 근데 하나도 안 아파."

난 등을 돌리며 말했다.

"너무해…."

유성이는 내 머리를 쓰다듬으면서 말했다.

"그래서 귀여운 거야."

제발 머리 쓰다듬으면서 그런 말 하지 말라고…….

"박유성. 적당히 해."

"내가 뭘 어쨌다고."

"하연이한테 그만 찝쩍대라고."

"내가 언제 찝쩍댔다고 그래."

"좀 전까지도."

"질투하냐?"

"그딴 거 안 한다고."

강석이는 내 손을 잡고 유성이를 지나치며 버스에 올라탔다.

…이, 이제 아무렇지도 않게 손잡는구나.

우리는 자리에 앉았다.

"하연아, 첨성대 실제로 보는 거 처음인데 기분이 어때?"

"기대되지..? 근데 그건 왜?"

"그냥. 너 어떤가 해서."

왜 궁금한 거지?

"하연아, 혹시 나 너한테 뭐 좀 물어봐도 돼?"

"응. 뭔데?"

강석이는 고개를 숙여 내 귀에 속삭이려고 했다. 난 순간 긴장됐다.

"진짜 키 몇이야?"

…귓속말하길래 살짝 기대했는데..!

난 강석이의 머리를 때리며 말했다.

"그런 거 말할 거면 귓속말하지 마."

강석이가 웃으면서 말했다.

"미안. 그런데 하나도 안 아파."

난 등을 돌리며 말했다.

"너도 진짜 너무해…."

"조강석. 자리 바꿔."

유성이었다.

"내가 왜."

"하연이 옆에 앉고 싶으니까."

"그런 이유라면 더더욱 안 되겠는데."

"너 어제도 하연이 옆에 앉았었잖아."

"그건 어제고. 오늘은 오늘이지."

"하연이 앞에서 쪼잔하네. 추하다, 조강석."

"…바꿔."

강석이랑 유성이는 자리를 바꿨다. 바꾼 자리도 강석이가 바로 내 뒷자리이긴 했지만.

"하연아, 옷 편해?"

"아, 너 옷?"

"응. 너 허벅지까지 내려오는 내 옷."

이거 은근슬쩍 나 작다고 하는 것 같은데….

"……은근슬쩍 나 작다는 말 하지 마."

"미안. 그래서? 옷 편해?"

"응, 되게 편해."

"다행이네."

그 말을 끝으로 우리 사이에는 정적이 흐르다가 유성이가 먼저 말했다.

"안 졸려?"

"살짝 졸리긴 한데 괜찮아."

"몇 시에 잤는데?"

"4시 반쯤?"

유성이는 내 머리를 자신의 어깨에 기대게 했다.

"4시 넘어서 잤으면 졸리겠네. 이러고 자."

"나 그냥 창가에 기대서 자도 되는데…."

"창가에 기대서 자면 추워. 그러니까 그냥 이러고 자."

"응….''

난 눈을 감았다.

"강하연. 내가 너랑 잠깐 어울려 줬다고 내가 너 좋아하는 것 같아?"

누구…지..? 처음 듣는 목소리인데….

"왜 말을 못 해!! 내가 너 좋아하는 것 같냐고!"

그 사람이 내 멱살을 잡으며 말했다.

"누, 누구신데 이러세요..!!"

"누구냐고? 박유성."

그제야 유성이 목소리가 내가 아는 목소리로 돌아왔다.

"강하연. 너도 나 좋아하는 거 아니었냐. 근데 조강석도 좋아해? 어장이네. 그리고 내가 너 좋아한 척한 거지, 너 진심으로 좋아했던 적, 단 한 번도 없어. 그리고 너 진짜 꼴 보기 싫어. 죽이고 싶을 만큼."

"하연아, 일어나 봐."

난 눈이 번쩍 뜨였다.

"하… 꿈이었어. 다행이다…….."

"꿈? 무슨 꿈이었길래?"

"그냥 악몽을 좀 꿔서…."

유성이는 가방을 뒤적이더니 휴지를 꺼내서 내게 건네주며 말했다.

"받아."

"어… 뭐가..?"

"……너 울고 있잖아."

난 손으로 눈을 비벼 봤다. 내 눈에는 눈물이 고여 있었다.

"안 받을 거야?"

난 유성이가 준 휴지로 눈물을 닦았다. 난 마음이 진정됨과 동시에 불안감이 밀려왔다.

설마 유성이가 진짜 그러지는 않겠지..?

"근데 하연아, 무슨 악몽을 꿨길래 그래?"

"아, 내가 믿었던 사람이, 배신한 꿈이라고 해야 하나….."

"걱정 마. 그건 그냥 꿈이니까."

"응, 알아. 현실에서는 그런 일 없을 거라는 거….."

"불안해? 현실에서도 그런 일이 생길까 봐?"

"살짝….."

유성이는 양손으로 내 두 손을 감쌌다.

"이러고… 있으면 좀 괜찮으려나."

"어..? 아, 응…. 고마워."

난 잠깐 놀랐지만 유성이가 내 손을 잡아 줌과 동시에 꿈에서 있었던 일은 현실에서 일어날 리 없을 거라고 생각했다. 그러다가 정신이 들었다.

"이, 이제 놔도 돼..!"

"내가 잡고 있고 싶은데?"

"어..?"

"내가 너 손 계속 잡고 있고 싶다고."

난 아무 말도 할 수 없었고, 유성이는 계속 내 손을 감싸고 있었다. 난 심장이 터질 것 같았는데 유성이는 아무렇지도 않아 보였다.

유성이는 역시 나를 친구로만 생각하는 건가..? 하긴…. 이렇게 손 잡고 있어도 아무렇지도 않은 거 보면. 그래, 강하연. 괜한 기대하지 말자….

"하연아, 어디 아파? 표정이 어두워진 것 같은데."

"어..?"

유성이 눈치 진짜 빠르구나….

"아, 그냥 좀 피곤해서…."

유성이는 내 손을 놓으며 말했다.

"그럼 마저 자. 좀 이따 첨성대 도착하면 깨워 줄게."

"응…. 근데 너는 잠 안 와..? 너도 4시까지 안 잤다며…."

"난 내기 이겼다고만 했지, 4시에 잤다고 한 적은 없어."

"그럼 도대체 몇 시에 잔 거야..?"

"5시까지 안 자고 있다가, 조강석 잠들었길래 동영상으로 증거 남겨 놓고, 나는 6시? 쯤에 잤지."

"그럼 너 4시간밖에 안 잔 거 아니야?"

"맞아. 4시간밖에 안 잤어."

사, 사람 맞아..?!

"안 졸려..?"

"워낙에 밤을 자주 세서."

"원래도 밤을 자주 세..?"

"응. 거의 일주일에 2번꼴로?"

난 일주일에 2번이라는 말에 조금, 아니, 많이 놀랐다.

"그럼 그냥 한숨도 안 자고 밤을 세는 거야..?!"

"응. 잠깐도 안 자고, 아침부터 다음 날 아침까지."

"대단하네…. 진짜 안 졸려..?"

"난 괜찮으니까 너 자. 피곤하다며."

"응…."

난 눈을 감았지만, 곧 누군가가 내 어깨에 기대는 느낌이 들었다. 살짝 놀라며 눈을 떴더니, 유성이가 내 어깨에 머리를 기대고 있었다. 난 속으로 웃으며 생각했다.

뭐야, 박유성…. 잠 안 온다며. ……잘 자네.

난 유성이의 머리를 쓰다듬었다.

"하연아, 나 아직 안 자."

그 말을 듣자마자 심장이 터질 듯이 빨리 뛰기 시작했다.

"뭐, 뭐야. 자는 거 아니었어..?!"

"잠깐 존 거지, 잔 건 아니야."

유성이가 잠시 머뭇거리다 말을 이었다.

"그리고 하연아, 무슨 나 잠든 거 보자마자 머리를 쓰다듬어."

"아, 아니, 무의식중에 쓰다듬은 거야..!!"

"그럼 계속 내 머리 쓰다듬고 싶었다는 거야?"

유성이가 머리를 세우려 했지만 난 얼굴이 뜨거워진 게 느껴져서 유성이의 머리를 살짝 누르며 다급히 말했다.

"그, 그냥 이러고 있어..!! 나 잔다?!"

난 황급히 눈을 감았다. 유성이의 웃는 소리가 희미하게 들렸지만, 애써 무시했다.

눈을 뜨자마자 바로 보인 건, 별이 쏟아질 것 같은 밤하늘, 바닷가, 유성이었다. 이상하게도 난 이게 꿈이란 걸 바로 눈치챘다.

"하연아, 바다 봐 봐.

난 유성이의 말대로 바다를 봤다. 바다에 비친 밤하늘이 예뻤다.

……이건 꿈속이다. 내가 무슨 짓을 해도 현실에서는 전혀 영향이 가지 않는….

"유성아. 나 너한테 할 말이 있어."

"응? 뭔데?"

"나 널 좋아하는…"

"잠시만 하연아."

거절…인가..?

유성이는 심호흡하더니, 내 눈을 보고 말했다.

"하연아, 너 나랑 처음 만난 날 기억해?"

"아, 보건실에서..?"

"응, 그때."

"그때 왜?"

"기억나면 지금 말할게."

뭘 말한다는 거지..?

"어둡기만 하던 나를 밝혀 줘서 고마워. ……그래서 말인데, 앞으로도 내 곁에서 함께 있어 줄 수 있을까..? 그냥 친구가 아니라…, 여자 친구로…."

…강하연. 이건 꿈이야. 지금은 강석이도 없고, 꿈이니까 내 앞에 있는 유성이를 받아 줘도 되는 거라고….

난 대답을 하려던 순간, 잠에서 깼다.

……역시 꿈이었구나. 왜 하필 중요한 곳에서 깬 거냐고….

난 주위를 살펴봤다. 버스 안은 조용했다. 내 뒷자리에 있는 강석이도 그렇고, 내 어깨에 기대 자고 있는 유성이도.

'어둡기만 하던 나를 밝혀 줘서 고마워. ……그래서 말인데, 앞으로도 내 곁에서 함께 있어 줄 수 있을까..? 그냥 친구가 아니라…, 여자친구로….'

유성이의 얼굴을 계속 보고 있자니, 아까 꿈속의 유성이가 생각났다. 난 몸에 열이 오르는 것이 느껴져서 입고 있던 유성이의 겉옷을 벗고 유성이한테 덮어 줬다.
 강하연, 정신 차려..! 그건 그냥 꿈일 뿐이잖아…. 현실에서는 일어날 리 없는…….
 난 이어폰을 꽂고 창밖을 봤다. 주위에는 산이랑 달리는 차 같은 것 밖에 안 보였지만, 그래도 노래랑 같이 보니 평범한 창밖도 특별하게 보이는 것 같았다. …물론 내 착각이겠지만.
 강석이와 유성이와의 추억들이 떠올랐다. 처음 강석이를 만났을 때는 아무렇지도 않았고, 10년 동안 그랬는데… 어떻게 이런 감정으로 부푼 건지 모르겠다…. 그리고 유성이랑 처음 만났을 때는… 잘 모르겠다. 처음에는 그냥 고마운 마음만 있었는데, 시간이 지날수록 나도 모르게 점점 유성이한테 빠지고 있었다. 심지어 하루 만에….
 '나 너 많이 좋아한다고!!' 이렇게 말할 수 있으면 좋을 텐데….

난 한참 동안 추억에 젖어 있었다. 그런데 누군가가 나한테 옷을 덮어 줬다. 난 놀라서 옆을 봤다. 유성이가 손을 뻗어 내 귀에 꽂혀 있던 이어폰을 빼며 말했다.

"하연아, 추우니까 입고 있으라고."

"아… 조금 더워서. 깼어..?"

"응, 좀 전에. 아, 정확히 말하면 좀 전은 아니고 5분 전에 깼는데, 너 되게 집중해서 보고 있는 것 같길래 뭐 있나 하면서 보고 있었지."

"아, 그렇구나…."

"응. 근데 아무것도 없던데. 뭘 그렇게 집중해서 봤어?"

"아…… 그냥 잠깐 옛날 생각했어."

유성이는 잠시 생각하는 듯하다가 말했다.

"옛날 생각이면 추억?"

"응. 강석이랑 나랑 너랑 있었던 일."

"무슨 생각했어?"

"어… 많긴 한데, 네가 강석이네 집에서 사회생활 한 모습..?"

"아, 내가 밝게 말했던 거?"

"응. 그때 네가 그렇게 사회성 좋은지 처음 알았어."

"그때는 들어가야겠다는 생각밖에 없었어서."

잠시 우리 둘 사이에 정적이 흐르다가 유성이가 물었다.

"또 무슨 생각 했어?"

"음… 강석이랑 처음 만난 날이랑, 너랑 처음 만난 날."

"아, 내가 너 보건실 데려간 날?"

"응. 그때 맞아."

유성이는 살짝 웃으며 말했다.

"나도 하나 말해도 되지?"

"응, 당연하지."

"시험 기간 기억나?"

"아, 기억나..! 너 안경 낀 거 진짜 잘 어울렸는데..!"

유성이가 웃으면서 말했다.

"어? 난 그거 말한 게 아니라, 너 잔 거 말한 건데? 이제 자연스럽게 내 생각부터 하는구나?"

"이, 이상한 소리 하지 마..!!"

"그럼 나는 '시험 기간'이라고만 했는데 왜 나 안경 쓴 얼굴부터 생각했어?"

"그건… 너 안경 썼던 거 잘 어울렸어서…."

내 목소리는 점점 작아졌다. 유성이는 피식 웃으며 말했다.

"하연아, 목소리는 왜 작아져. 아, 그리고 그 말 들은 김에 말할게. 저번에 조강석이 말 끊어서 못 물어봤었는데 지금 물어봐도 되지?"

"응. 뭔데..?"

유성이는 잠시 고민하다가 말했다.

"나 안경 썼을 때랑 안경 벗었을 때랑 어떻게 달라?"

"음… 혹시 지금 안경 있어..?"

"안경? 있긴 있어. 왜? 써 줄까?"

"진짜? 써 줘!"

유성이가 웃으며 말했다.

"되게 신나 보이네."

난 살짝 뜨끔했다.

"알겠어, 써 줄게."

유성이는 가방을 뒤적이더니 안경집을 꺼냈다. 난 기대가 됐다. 그리고 유성이가 안경을 쓰고 나를 봤다.

"만족해?"

"확실히 다르기는 하다….."

"그래? 어떻게 달라?"

"음…….."

난 유성이의 얼굴을 보며 진지하게 고민했다.

"…하연아. 언제까지 볼 거야? 사심 넣어서 보는 거 아니지?"

"뭐, 뭔 소리야..! 사심은 무슨..!!"

내 심장은 이전보다 더 빨리 뛰기 시작했다.

"장난. 그래서 어떻게 달라?"

"안경 벗었을 때는 차가워 보이면, 안경 쓴 거는… 공부 잘할 것 같고 모르는 거 물어보면 바로 대답해 줄 것 같은 친근한 느낌?"

"오… 생각보다 자세하네?"

"그런가?"

잠시 정적이 흐르다가 유성이가 말했다.

"응. 너 되게 자세하게 말해 줬어. 혹시 어느 쪽이 더 너 취향이야?"

"아, 차가운 느낌이랑 친근한 느낌 중에?"

"응. 어느 쪽이 좋아?"

"둘 다 좋은 것 같은데…."

유성이가 살짝 웃으면서 말했다.

"아~ 그냥 나여서 좋다?"

"응. 어?! 아, 아니, 뭔 소리야..!!"

"'응'이라고 한 거 들었는데~"

"아니거든..?!"

'그냥 나여서 좋다?'라고 물었는데 어떻게 사실대로 말하냐고..!!

"그래, 그래~ 다 믿어 줄게."

누가 봐도 안 믿는 눈치잖아..!

"유성아, 너 솔직하게 말해."

"응? 뭐를?"

"너 나 놀리는 데 진짜 맛 들렸지."

"응."

얘 흑역사 들었다고 말할 수도 없고….

"하연아, 나한테 할 말 있어?"

독심술을 할 수 있는 건가..?!

"아, 아니. 딱히 없는데..?"

"내가 잘못 봤나 보다."

오늘은 그냥 넘어가서 다행이다….

"잠 안 와?"

"아까 많이 자서 딱히?"

"그럼 난 마저 잘게. 좀 이따 첨성대 도착하면 깨워 줘."

유성이는 눈을 감았다. 그리고 곧 내 어깨에 기대서 잠들었다.

하… 심장 또 왜 이렇게 빨리 뛰어….

시간이 꽤 흐르고 첨성대에 도착했다.

"자, 얘들아! 첨성대 도착했다! 옆에 자는 애들 깨워라!"

"유성아, 다 왔어. 일어나."

"5분만……."

"얼른 안 일어나?"

"으음."

"너 안 일어나면 나 먼저 간다?"

유성이는 일어나며 말했다.

"가자."

효과 직방이네..?

나랑 유성이는 버스에서 내렸다. 걸어가고 있는데 버스에서 아직 자는 강석이가 보였다.

뭐지? 데자뷰인가….

"유성아, 너 먼저 가. 나 버스에 뭘 좀 놓고 와서…."

"같이 가 줄게."

"어? 아냐, 괜찮아. 진짜 간단한 거여서 나 혼자 다녀와도 돼..!"

"알겠어, 다녀와. 나 먼저 가 있을게."

난 버스에 올라타 강석이 자리로 가서 강석이를 깨웠다.

"강석아, 첨성대 다 왔어. 일어나."

"5분, 아니, 1분만…….."

"얼른 일어나."

"좀만 더 잘래…."

……유성이한테 통했던 거 강석이한테도 통하려나..?

"그럼 나 먼저 간다?"

강석이는 일어나며 말했다.

"가자."

이거 진짜 효과 직방이구나….

난 강석이를 따라갔다.

"어제 내기하느라 늦게 자서 피곤하지?"

"피곤하지…. 결국 자기는 했지만. 뭐, 그래도 담력 체험은 내가 이겼으니까 상관없어."

"…오늘 마지막 내기 맞지?"

"응. 촛불의식 내기."

"자신 있어?"

"……솔직히 어제만큼 자신 있지는 않아."

"하긴. 너 작년에도 촛불의식 하다가 울었잖아."

"……하연아, 팩트로 사람을 아프게 하지 말아 줘."

난 웃으며 말했다.

"미안."

우리 둘 사이에 잠시 정적이 흘렀다. 정적을 깬 건 강석이었다.

"버스에서 잤어?"

"응, 잤지."

"너도 어제 애들이랑 밤 셌다고 했지?"

"응. 근데 다 센 건 아니고 중간에 잠들었지."

우리는 선생님과 애들이 있는 곳에 도착했다.

"각자 첨성대 관람하고 지금이~ 1시니까, 4시까지 점심 먹고 돌아와라!"

여기저기서 "네!!"라는 소리가 들렸다. 난 소라가 도망가기 전에 붙잡았다.

"소라야, 내기 잊은 거 아니지?"

"아, 도망가려 했는데……."

"사 주는 거 맞지? 3명분?"

"응….."

난 강석이, 유성이, 소라랑 같이 첨성대로 갔다. 사람이 많아서 첨성대가 보이지는 않았다. 난 뛰며 첨성대를 보려고 노력했지만, 키 큰 사람들이 너무 많아서 보지 못했다. 계속 뛰고 있는데, 강석이가 날 보고 웃으며 말했다.

"하연아, 키 작아서 첨성대 안 보여?"

"지금 기분 안 좋으니까 놀리지 마…."

"핸드폰 줘 봐."

"응..? 갑자기 핸드폰은 왜..?"

"일단 줘 봐."

난 의아했지만, 일단 핸드폰을 강석이한테 건넸다. 강석이는 내 핸드폰을 높이 들더니 핸드폰에서 카메라 셔터 소리가 났다.

　사진 찍는 건가..?

　"자."

강석이는 나한테 핸드폰을 줬다. 난 갤러리를 확인해 봤다.

　"와… 이거 진짜 네가 찍은 거 맞아? 너무 잘 찍었는데..?!"

강석이가 살짝 웃으며 말했다.

　"내가 사진은 좀 찍어."

난 강석이가 찍은 사진을 보며 말했다.

　"그건 맞네."

　"하연아, 첨성대 직접 못 봐서 아쉬워?"

갑자기 유성이가 말을 걸었다.

　"어? 아냐. 괜찮아…. 기회는 나중에 또 있겠지…."

　"들어 줄까?"

　"뭐, 뭔 소리야..!! 나 그냥 다음에 봐도 돼..!"

유성이는 나를 들었다.

　"아! 내려 줘..!!"

　"앞에 봐 봐."

난 앞을 봤다.

　"우와…."

　"멋있지?"

　"응…. 그런데 생각보다 작다…."

　"너처럼?"

"…이거 내려!!"

"야야, 발버둥 치면 위험…"

난 몸이 떨어지는 걸 느꼈다. 난 눈을 질끈 감았다.

"괜찮아?"

눈을 뜨니, 강석이 얼굴이 보였다. 다행히도 강석이가 떨어지는 나를 받아서 바닥에 떨어지지는 않았다. 그런데… 심장이 너무 빨리 뛰었다. 너무 빨리 뛰어 아플 정도로….

"야, 박유성. 하연이가 들라고 안 했는데 맘대로 들어서 너 때문에 하연이 다칠 뻔했잖아."

"하연아! 진짜 미안해. 진짜…."

"아, 아냐..! 괜찮아. 강석이가 받아 줘서 안 다쳤으니까…."

"하연아, 진짜 미안해…."

"아니, 나 강석이가 받아 줘서 진짜 괜찮아..!!"

"야. 박유성. 진짜 너 이제 하연이가 하지 말라는 거는 절대 하지 마."

"알겠다고……."

분위기가 조금, 아니, 많이 무거워졌다.

"아, 강석아, 하연아, 박유성! 이제 슬슬 간식 사러 가자. 내기는 내기니까…."

"어? 가, 가자..!"

다행히 소라 덕분에 분위기가 조금 풀린 것 같았다.

"박유성, 너는 나중에 반값 내놔라…."

"왜. 하연이가 너랑 내기에서 이겨서 네가 간식 사야 된다며. 그리고 어차피 여기서 파는 간식이 얼마나 비싸다고. 아! 너 혹시 돈 없어서 그래?"

"아!! 박유성! 죽을래?!"

"네네~ 악력 23 나온 사람이 악력 54 나온 사람을 잘도 죽이시겠네요~"

"…박유성 진짜 나빠!!"

유성이가 한숨을 쉬더니 말했다.

"너보다는 나아."

"너 진짜!!"

"아무튼 간식 사라. 아, 만약에 돈 없으면 그냥 안 사 줘도 되고."

"산다, 사!!"

"오케이~"

……유성이가 좋아하는 사람이 소라일까..?

강석이가 나만 들리도록 말했다.

"하연아, 표정이 안 좋은데 괜찮아?"

"아, 응. 괜찮아…."

"어디 아프면 말해. 쌤한테 말해서 버스에 있자."

"아냐, 진짜 괜찮아."

"알겠어."

앞에서는 계속 유성이와 소라가 티격태격하고 있고 나랑 강석이는 조용히 뒤에서 걸어가고 있었다.

지금 보니까 소라랑 유성이 되게 잘 어울리네…. 차라리 잘된 건가..? 유성이랑 소라가 사귀면 내가 유성이 포기하고 강석이만 좋아할 수 있을 테니까. 그래, 오히려 잘된 거야. 이제 유성이 포기하자….

걸어가고 있는데 누군가가 내 겉옷, 아니, 내가 입고 있는 유성이의 겉옷 모자를 잡았다. 난 놀라며 뒤를 봤다. 강석이었다.

"하연아, 어디 가. 너 지금 정신 다른 곳에 있는 것 같아. 여기서 소라가 간식 사 준대. 들어가자."

"어? 응…. 들어가자."

우리 둘도 가게 안으로 들어갔다.

"한소라. 나 비싼 거 먹어도 되지?"

"박유성, 적당히 비싼 거 먹어라…."

"5만 원치만 살게."

"아! 진짜 죽을래?!"

"예예~ 악력 23 나온 사람아. 저 잘 죽여 보세요~"

……이제 유성이 진짜 포기하자.

"하연아, 진짜 괜찮은 거 맞아? 너 지금 표정 어두워졌어."

"진짜 괜찮아."

유성이가 뒤돌아서 나를 보며 물었다.

"하연아, 어디 아파?"

"아냐. 괜찮아."

유성이가 무릎을 굽히더니, 나랑 눈을 맞추며 말했다.

"너 표정 어두워."

난 유성이의 눈을 피하며 말했다.

"아무것도 아니라고……."

"왜 눈 피해?"

네가 소라 좋아하는 것 같아서….

"힘들어서…."

유성이는 다시 무릎을 폈다.

"…알겠어."

……유성아, 네가 좋아하는 소라랑 이루어지길 바랄게.

"아, 그리고 유성아, 겉옷 가져가. 나 더워서 그래."

"아냐, 너 입고 있어."

"더워서 그렇다고…."

난 고개를 푹 숙이며 유성이에게 겉옷을 건넸다. 유성이는 아무 말 없이 겉옷을 받아 갔다.

"하연아, 내기 졌으니까 사 줄게. 골라…."

"난 그냥 아이스크림 먹을게…."

"한소라, 난 과일 샌드위치."

"난 아이스 아메리카노."

"아! 박유성 제일 비싼 거 고르네!!"

"내 마음이지."

소라는 음식들을 시켰다.

"하연아, 진짜 아이스크림 하나로 되는 거야..??"

"응. 그냥 지금 입맛이 좀 없어서…."

"하연아, 쌤한테 말하고 버스 가서 쉬자. 너 지금 많이 아픈 것 같아."

"응…."

"어? 진동벨 울린다! 받아 올게!"

소라는 음식을 받으러 갔다.

소라, 예쁘지…. 성격도 밝고, 반장까지. 심지어 유성이랑 같은 유치원이었다가 중학생 때 다시 만났으면 유성이가 소라 좋아하는 게 당연한 거일지도….

"자, 가져왔어. 하연이는 아이스크림, 강석이는 아이스 아메리카노, 박유성은 과일 샌드위치. 박유성 빼고 맛있게 먹어!"

난 아이스크림을 가져왔다. 아이스크림을 한입 베어 물었지만 이상하게 입맛이 없었다.

왜지..? 달라진 건 유성이가 소라를 좋아한다는 걸 안 것뿐이잖아…. 그리고 유성이가 소라 좋아한다는 거 알았으니까 이제, 난 강석이만 좋아하면 되는 거잖아…. 그럼 마음이 가벼워야 하는데, 왜 이리 답답한 거냐고..!!

우리는 먹는 동안 아무 말도 안 했다.

"하연아, 다 먹었어? 다 먹었으면 가자."

"어? …응. 가자."

난 강석이를 따라갔다.

"하연아, 어디 아픈지 물어봐도 돼?"

"어? 아…."

마음이 아프지….

"그냥… 머리가 좀 아파서."

"걷기 힘들면 내 팔 잡아."

"아냐, 괜찮아. 그 정도는 아냐."

"알겠어. 만약에 걷기 힘들면 잡아."

"응…."

버스에 도착했다.

"어? 하연이랑 강석이 벌써 왔어?"

"아, 하연이 머리 아프다고 해서 그냥 버스에서 쉬려고요."

"어? 하연이 머리 아파?"

"네. 조금요."

머리가 아니라 마음이 아프죠….

"알겠어, 그럼 둘은 버스에 있어."

"네, 감사합니다."

나랑 강석이는 자리로 갔다. 강석이는 내 옆에 앉았다. 눈물이 날 것 같았다.

나, 생각보다 훨씬 더 유성이를 좋아하고 있었구나….

난 눈을 감았다. 왜 하필 지금 강석이가 나한테 고백했을 때의 꿈을 꾼 걸까. 이상하게도 꿈이란 걸 바로 눈치챘다.

아주 춥던 겨울이었고, 하늘에서는 함박눈이 내리고 있었다. 손이 시려웠던 어린 난 손에 입김을 불며 말하고 있었다.

"추워도, 비는 예쁘다…."

"눈이야."

"아, 맞다. 눈!"

강석이가 웃으며 말했다.

"나이가 몇인데 아직도 구분을 못해."

"아직 6살밖에 안 됐거든!"

강석이가 내 볼을 찌르며 말했다.

"바보."

난 웃으며 말했다.

"아, 진짜!"

잠시 우리 둘 사이에 정적이 흐르다가 강석이가 내 눈을 마주 보며 말했다.

"하연아, 추우면 내가 네 곁에서 항상 따뜻하게 해 줘도 돼? 그냥 친구 말고, 더 깊은… 관계로."

"어? 그래! 우리 제일 친한 친구 하자! 어디에서든지!"

"어? 아, 응……."

나는 잠에서 깼다.

내가 그때 진짜 왜 그랬지…. 아니, 근데 솔직히 어떤 6살 애가 그렇게 고백을 하냐고..!! 하…… 모르겠다….

난 주위를 돌아봤다. 내 옆에는 유성이 대신, 곤히 잘 자는 강석이가 있었다.

……잘 자네.

난 귀에 이어폰을 꽂고 창밖을 봤다. 창밖에는 별다를 것 없었지만, 유성이가 소라를 좋아하는 사실을 알게 돼서 그런지 마음이 답답했다. 더군다나 이어폰에서도 살짝 우울한 노래가 나와서 울 것 같았다. 난 눈을 비볐다. 이미 눈에는 눈물이 고여 있었다. 황급히 옷으로 눈물을 닦았다.

　"강하연, 왜 우는 건데..!! 겨우 이런 걸로…….

난 계속 멍하게 창밖을 보고 있었다. 눈물을 참으면서. 시간이 조금 지나고 누군가가 내 어깨를 살짝 쳤다. 난 고개를 돌렸다. 강석이었다.

　"하연아, 머리는 좀 어때?"

난 이어폰을 빼며 말했다.

　"…괜찮아졌어."

　"다행이다. 아까 너 표정 진짜 어두워서 걱정했거든."

내 감정이 표정에 잘 드러나는 편인가..?

　"내 표정에 감정이 다 드러나..?"

　"응. 되게 잘 드러나는 편이야."

　"아, 그렇구나…."

잠시 정적이 흐르다가 강석이가 말을 이었다.

　"우울해?"

　"어? 왜..?"

　"되게 말하는 텀이 긴 것 같아서."

얘도 눈치 빠르구나….

　"그냥 좀 피곤해서 그래."

　"조금 있으면 숙소 도착하니까 숙소에서 자."

　"…응."

난 계속 창밖을 봤다. 그리고 곧 버스가 숙소에 도착했다.

"자, 애들아! 이제 다 왔다! 방에서 쉬고 좀 이따 저녁 도시락 꼭 챙겨 먹어라!"

애들은 방으로 들어갔다. 나도 애들을 따라 들어가는 길, 소라가 뒤에서 나를 불렀다.

"하연아!"

난 뒤를 돌았다.

"컨디션 어때? 괜찮아졌어?"

"어? ……응. 아까보다는 괜찮아졌어."

"다행이다! 걱정했거든."

"진짜로 괜찮아졌어. 들어가자."

"응!"

난 소라랑 같이 빙으로 들어갔다. 방에 들어가도, 나는 계속 마음이 답답했다. 분명 애들과 말하고 있는데, 내용이 하나도 귀에 들어오지 않고 기억도 안 났다.

"하연아!!"

"어?! 아니, 왜..?"

"이제 도시락 먹자고~"

"아, 응. 그래…."

우리는 도시락을 꺼내 먹었다. 이상하게 여전히 입맛이 없었다. 그렇게 도시락을 3분의 1도 못 먹고 다 남겼다. 그 이후로 같이 얘기를 하고 있는데, 뭐라고 하는지 잘 안 들렸다. 마치… 물속에 있는 느낌

같았다.

"하연아!!"

"어..?! 왜..? 무슨 일이야?"

"아니, 아까부터 뭔 생각을 하길래 말을 못 들어~"

"아, 그냥… 멍 때렸어. 미안. ……나 잠깐 앞에 바람 좀 쐬고 올게."

난 밖으로 나가 숙소 앞 바닷가로 갔다. 별이 쏟아질 것 같은 밤하늘과 밤하늘이 비치는 바다가 보였다.

확실히 경주에서는 별이 잘 보이는구나….

아무 생각 없이 걷고 있는데, 누군가가 내 어깨를 살포시 쳤다. 난 놀라며 뒤를 돌아봤다.

"유, 유성아…."

"뭐 좀 물어볼게."

"어? 응…."

난 눈을 피했다. 잠시 정적이 흐르다가, 유성이가 물었다.

"아까 첨성대에서 화나서 나한테 그러는 거야?"

"어..?"

"너 그 이후로 계속 나한테 차갑게 굴고 있잖아."

"그거 때문에 그런 거 아니야…."

"그럼 왜 그런 거야?"

난 아무 말도 할 수 없었다.

"말하기 힘든가 보네. 나 가 볼게."

유성이는 숙소 쪽으로 몸을 틀었다.

"너 소라 좋아하잖아……."

유성이는 다시 내 쪽으로 몸을 틀었다.

"어? 그게 무슨……. 내가 왜 한소…"

"나 너 많이 좋아한다고!!"

방금… 내가 뭐라고 한 거야..?

"어..?"

"바, 방금은 말이 헛나왔어..! 먼저 갈게!!"

난 숙소로 뛰어갔다. 유성이가 내 손목을 잡았다.

"잠시만 하연아! 좀 전에 그 말, 진심…이지..?"

"아, 아니…."

"진심…인가 보네. 아, 이거 살짝 곤란해졌네…."

"어..? 아, 거절이구나…."

"아, 아니, 그게 아니…"

난 유성이의 말을 끊으며 말했다.

"나 먼저 가 볼게..!"

난 다시 숙소로 뛰어갔다. 유성이는 나를 끌어안았다.

"뭐 하는 거야..!!"

"어둡기만 하던 나를 밝혀 줘서 고마워. ……그래서 말인데, 앞으로도 내 곁에서 함께 있어 줄 수 있을까..? 그냥 친구가 아니라…, 여자 친구로…."

난 그 말을 듣자마자 생각했다. 내가 버스에서 꾼 꿈은 자각몽일뿐만 아니라 예지몽이었다는 것과 내 마지막 선택은… 강석이가 아니라, 유성이…었다는 것.

작가의 말

  이 책은 모두 창작 소설입니다. 저 혼자 간직했던 이야기를 실제 책으로 내, 널리 알리고 싶어서 이 책을 쓰게 되었습니다.

  사실 전 처음에 소설 작가를 꿈꾸기엔 실력도 자신감도 많이 부족했습니다. 자신감이 부족했던 이유는 아마도 제가 믿었던 친구에게만 꿈이 작가라고 말했을 때, '네가 작가가 될 수 있을 것 같아? 이 세상에 천재 많아. 네가 아무리 노력해도 천재들이랑 비교만 당하고, 뒷바라지만 해 주는 거라고. 재능도 없으면서 무슨…'이라는 말을 들어서 그랬던 것 같습니다. 그 당시 제 자신감은 끝없이 추락했습니다. 그러다가 다른 친구 한 명이 제 꿈이 소설 작가라는 걸 알게 되고, '오, 작가? 잘 어울린다! 넌 분명 될 수 있을 것 같아! 나중에 책 내면 꼭 알려 줘!'라는 말을 했습니다. 그 한마디가 끝없이 추락했던 제 자신감을 다시 끌어올려 줬고, 그날 이후로 글을 쓰기 시작했습니다. 그러다가 2025년에 처음으로 컴퓨터로 글을 쓰기 시작하면서 이렇게 성장할 수 있게 된 것 같습니다. 그리고 노력은 배신하지 않는다는 걸 깨달았습니다.

  노력의 빛을 보는 속도는 모두 다르겠지만, 노력은 절대 배신하지 않으니 언젠간 별처럼 빛날 수 있을 겁니다.

원래 책에 넣고 싶은 내용이 더 많았는데 이대로 끝내서 살짝 아쉽네요. 나중에 더 성장하여, 지금보다 좋은 책으로 만나 뵙겠습니다. 250쪽가량의『내가 너를 좋아하는 걸까..?』끝까지 읽어 주서서 진심으로 감사드립니다.

내가 너를
좋아하는 걸까..?

ⓒ 유승화, 2025

초판 1쇄 발행 2025년 11월 30일

지은이	유승화
펴낸이	이기봉
편집	좋은땅 편집팀
펴낸곳	도서출판 좋은땅
주소	서울특별시 마포구 양화로12길 26 지월드빌딩 (서교동 395-7)
전화	02)374-8616~7
팩스	02)374-8614
이메일	gworldbook@naver.com
홈페이지	www.g-world.co.kr

ISBN 979-11-388-4983-8 (03810)

- 가격은 뒤표지에 있습니다.
- 이 책은 저작권법에 의하여 보호를 받는 저작물이므로 무단 전재와 복제를 금합니다.
- 파본은 구입하신 서점에서 교환해 드립니다.